brim.
borium

Liebe und das Gegenteil

LINA KLÖPPER

BRIMBORIUM VERLAG

**Ausführliche Informationen über unsere
Autor:innen finden Sie auf**

www.brimborium-verlag.de

1. Auflage 2022
© 2022 Brimborium Verlag Leipzig
Alle Rechte vorbehalten.
Covergestaltung: Lema Nabu
Illustrationen: Tabea Becher
ISBN 978-3-949615-04-7

Liebe und das Gegenteil

LINA KLÖPPER

Für alle, die das Gegenteil von Liebe erfahren haben.

Geschichten

Ich habe nur Geschichten gelesen
Vom Zusammenkommen
Nie vom
Zusammenbleiben

Vorwort

Hallo Queens, Kings und Royals.

Ihr glaubt nicht wie viel es mir bedeutet, dass ihr *Liebe und das Gegenteil* in den Händen haltet – nicht lest, vielleicht stehe ich nur in eurem Schrank, denn Bücher kaufen ist auch ein Hobby. Ich bin Lina und über Coming Out Geschichten hinweg. Versteht mich bitte nicht falsch – Coming Out Geschichten sind wichtig und notwendig, aber ich selbst bin bereit für Charaktere, die ihre Identität und Sexualität leben. Ich möchte Geschichten über reale queere Erfahrungen. Ich möchte wissen, wie es in einer Beziehung ist, wenn sich eine Person als asexuell outet, wie verwirrend aber auch schön queeres Dating sein kann und dass, obwohl wir regenbogenfarben bunt sind, unsere Köpfe doch sehr oft alles schwarz-weiß malen. Ich möchte ein Buch, das sich traut Kitzler zu sagen, ohne dass die Welt zusammenbricht. Ich möchte ein Buch, das zeigt, wie Konsens funktioniert und dass es verdammt noch mal egal ist, ob die Frage nach Konsens sexy oder nicht ist – sondern einfach wichtig. Ein Buch über Liebe, Schmerz, Freude, Sex und Depression. Über Liebe und das Gegenteil.

Ich möchte Gedichte lesen über Sex, Gelüste und weibliche* Themen. Dieses Buch ist ein Strom voller Ideen in einer Zeit, in der ich selbst nicht wusste was mich oben hält. Ich habe durch dieses Buch gelernt mich treiben zu lassen und auf mich selbst zu vertrauen. Vielleicht habe ich auch einfach nur das geschrieben, was ich damals als Jugendliche selbst gerne gelesen hätte. Oder genau das, was am unangenehmsten bei den nächsten Familienfeiern wird.

Ich hoffe, ihr habt beim Lesen genau so viel Spaß wie ich beim Schreiben. Wenn du mich im Internet oder auf der Straße triffst, erzähle mir gerne davon, wenn es dir gefallen hat – oder nicht. Keine Sorge, ich habe mehr Angst vor dir als du vor mir.

INHALT

Part 1 Identität
Falsch sein 17
Nachhauseweg 23

Part 2 Das Gegenteil von Liebe
It was always you, my one and only star – love forever 35

Part 3 Sexualität
Ace in the Cards 53

Part 4 Liebe ohne Gegenteil
Mehr als genug Platz 67

Part 5 Vom Verschmelzen mit sich selbst und anderen
Geschichte einer Dusche in Eutritzsch 87
Rundum befriedigt 113
Blindes Vertrauen 123

Part 6 Die Kunst des Datings
Kaffeebohnen und andere Vorlieben 135
Falsch verstanden 147
Richtiggestellt 157

Part 7 (M)ein Körper = (D)eine Meinung?
Verwaschen 171
Mango 175

Part 8 Zwischen Freundschaft und Beziehungen

Nasen an die Scheiben pressen 195
Platz am See 205
Nicht nur manchmal..213
Kein Platz 225

Part 9 Poetry Slam Texte

Das Gegenteil von Liebe.. 237
Deutsche Emotionen 241
Bist du okay?.. 245
Manchen Dingen sollte man ins Gesicht treten 247
Die große Liebe oder so ähnlich 251
Kennen Sie lesen?.. 255
Komfortzone 261
Danksagung... 265

Part 1

IDENTITÄT

Auf der Suche nach mir nehme ich mich mit

Immer

Fühle mich
Zu viel
Und
Nicht gut genug
Gleichzeitig

Non-Binär

Ich bin NICHT
Irgendwie dazwischen
Ich bin auch nicht
Außerhalb des Spektrums

Ich bin einfach ich

Falsch sein

Wenn du aufwächst, lernst du falsch zu sein.

Es fängt bei dem ungeliebten Onkel an, bei dem du jedes Mal vorgeben musst, alles, was er sagt, lustig zu finden oder zumindest nicht auf seine stichelnden politischen Aussagen zu reagieren.

Wenn du aufwächst, lernst du falsch zu sein.

Kleine Splitterpersönlichkeiten in unterschiedlichen Freundeskreisen. Tiefes Durchatmen auf der Restauranttoilette, bevor es zurück geht zu der Familienfeier, bei der du dich ständig selbst unter dem Tisch kneifst. Wangen die vom falschen Lächeln schmerzen.

Wenn du aufwächst, lernst du falsch zu sein.

Schule als gesellschaftliches Horrorsystem mit strikten Kategorien im Sportunterricht gefestigt. Die Umkleide davor, als Zerreißprobe der Körperscham.

Wenn du aufwächst, lernst du falsch zu sein.

»Sophie, gibst du deinem Vater bitte die Leberwurst?«
»Sophie, zur Geburtstagsfeier deines Onkels solltest du schon ein Kleid anziehen, das gehört sich einfach so für ein Mädchen.«
»Sophie, warum bringst du denn nie Freunde von dir mit?«

Wenn du aufwächst, lernst du falsch zu sein.

»Sophie ist nicht mein Name«, hätte Gerrit gerne gesagt.
»Ich bin kein Mädchen«, hätte Gerrit gerne gesagt.
»Ich habe keine Freunde, die mich so nennen wie ihr mich nennt. Ich habe keine wirklichen Freunde, die nach Mockau kommen würden, hinten in die Siedlung an dem großen Wiesenplatz vorbei, wo das Stadtteilfest manchmal stattfindet und die sich dort an einen Tisch mit euch setzen würden. Ich habe keine Freunde, die mich so kennen wie ihr mich kennt«, hätte Gerrit gerne gesagt.

Wenn du aufwächst, lernst du falsch zu sein.

Füße wippen unruhig unter dem Esstisch.
Nägel sind abgekaut.
Kapuze tief im Gesicht.
Das Zimmer voller Poster.
Eine Schublade unter dem Bett gefüllt mit Zeichnungen, Gedichten und einem Binder.

Wenn du aufwächst, lernst du falsch zu sein.

Gerrit hatte nicht das Pronomen sie.
Gerrit hatte auch nicht das Pronomen er.
Gerrit war einfach Gerrit.

Wenn du aufwächst, dann lernst du falsch zu sein.

Gerrit wusste nicht wie andere reagieren würden.
Kein Junge, kein Mädchen.
Irgendwie dazwischen oder ganz woanders.
Über ›solche Personen‹ riss Gerrits Vater meistens Witze oder verdrehte nur die Augen.

Niemand verstand es.

Wenn du aufwächst, lernst du falsch zu sein.

Gerrit sagte meistens wenig.
Es gibt am Oberschenkel diese Stelle, die etwas weicher ist und sich gut drücken lässt.
Flecken, die so weit oben waren, dass diese selbst in der Sportumkleide unsichtbar waren.

Wenn du aufwächst, lernst du falsch zu sein.

Am Esstisch in Mockau entstand jedes Mal ein Filmset.
Gerrit versetzte sich in ihre Lieblingscharaktere und versuchte wie sie zu reagieren, wie sie zu sprechen, wie sie zu fühlen und zu handeln. Gerrit kannte es nur zu gut eine Rolle zu spielen. Klamotten, die Gerrit aufgezwungen wurden, waren die Garderobe ihrer Künstlerpersönlichkeit und Gerrit performte einwandfrei.

Wenn du aufwächst, lernst du falsch zu sein.

Das erste Mal hatte Gerrit während eines Gewitters ausgesprochen, dass sie nicht-binär war. Trommelnder Regen gegen das Fenster in der Dachschräge und Worte, die sich im Vergleich zum Sturm fast unbedeutend anhörten.

Wenn du aufwächst, lernst du falsch zu sein.

In der Schule war es eine andere Rolle, die Gerrit spielte. Die Rolle eines schüchternen Mädchens, das lieber für sich blieb. Gerrit beobachtete, wie andere ihre Rollen besser spielten.

Besonders gut waren die beiden Jungen aus der Parallelklasse, die sich nicht zu mögen schienen und in Sportwettkämpfen immer wieder aneinandergerieten. Das, was diese Jungen hinter der Schule getan hatten als Gerrit weinend aus einem Unterricht gerannt war, machten aber nicht unbedingt Personen miteinander, die sich nicht mochten.
Doch was wusste Gerrit schon.

Wenn du aufwächst, lernst du falsch zu sein.

Leichtathletik Training – da hätte Gerrit drei Mal in der Woche sein müssen. Dort spielte Gerrit keine Rolle, denn dort war Gerrit nicht. Gerrit war bei Freunden aus ihrer Jugendgruppe oder bei der Jugendgruppe selbst.
Gerrits Rolle bei diesen Freunden war Gerrit.
Gerrit hörte zu wie andere ihrer Freunde ähnliche Probleme hatten. Gerrit hörte zu wie andere Freunde ausgezogen waren und das Leben lebten, von dem sie immer träumte, wenn sie durch Leipzig mit der 9 Richtung Thekla oder in der 1 Richtung Mockau fuhr.

Wenn du aufwächst, dann lernst du falsch zu sein.

Gerrit war mit ihren Freunden auf ihrem ersten CSD und musste sich zwei Tränen aus dem Augenwinkel wischen. Gerrit würde dies später nicht zugeben.
Gerrit bekam eine Regenbogenfahne geschenkt, welche mit in die kleine Schublade unter dem Bett wandern würde, und war überwältigt.

Wenn du aufwächst, lernst du falsch zu sein.

Auf dem Weg nach Mockau nahm Gerrit die Sticker, die aufs Oberteil und den Rucksack geklebt worden waren, ab.

Die Bemalung im Gesicht hatte Kim mit einem Feuchttuch von Gerrits Wange entfernt, noch während sie als Gruppe auf dem Leipziger Marktplatz standen.
Kim war dabei vorsichtig gewesen und hatte Gerrits Gesicht umgriffen.
Gerrit hatte dabei kurz vergessen zu atmen.

Wenn du aufwächst, lernst du falsch zu sein.

Gerrit lief durch die Mockauer Siedlung vorbei an der großen Wiese, auf der das Stadtteilfest stattfinden würde, zu einem weiteren Mal Esstisch mit den Eltern. Ein weiteres Mal wippende Beine, abgekaute Nägel und Nicken.
Ein weiteres Mal am Filmset zu Hause eine Rolle spielen.
Ein weiteres Mal Sophie genannt werden.

Wenn du aufwächst, lernst du falsch zu sein.

Gerrit würde sich irgendwann von ihrer Rolle verabschieden.
Gerrit würde irgendwann den Mut aufbringen Kim zu fragen, ob sie was allein machen will.

Irgendwann war aber nicht jetzt.

Tiere die man essen darf und andere nicht

Klar verstehe
Nein wirklich
Verstehe ich total
Wir finden das also kollektiv niedlich
Stimmt ja auch einfach
Es ist flauschig und hat niedliche Augen
Kann ich voll nachvollziehen
Süße Dinge darf man nicht essen und verletzen
Hässliche Dinge
Kann man versklaven, zusammenpferchen, vergewaltigen und zerstückeln
Kein Ding, hab's voll geblickt
Hässliche Dinge haben keinen Wert für uns
Ich meine
Natürlich keine hässlichen Dinge
Aber eben leider nicht so süße
Und manche Dinge gar nicht, weil voll eklig

Alles klar

Nachhauseweg

»Hey du«

Sie lässt eine Pause für die Antwort.

»Ja wir haben uns wirklich ewig nicht mehr gesprochen. Wie geht es dir?« Sie presst sich das Handy stärker ans Ohr.

»Hm ... ach so ... das klingt ja aber sonst alles echt gut.« Ihr Atem geht etwas schneller.

»Wie es mir geht? Ach, wie immer. Ja ... ja.« Sie sieht sich um und liest während einer Pause das Straßenschild.

»Ja ich laufe nämlich gerade nach Hause. Ja, ich bin gerade Ecke Elisabethstraße Eisenbahnstraße. Genau also gleich zu Hause.« Manchmal fragt sie sich ob es für andere komisch ist, wenn sie nur eine Seite des Gespräches hören.

»Hast du schon davon gehört, dass Nilai Vater wird. Krass, oder? Er ist ein Jahr jünger und hat jetzt schon Kinder. Also krass ...« Sie wechselt die Straßenseite.

»Ich mein, ich weiß noch nicht mal, was ich mit dem Bachelor mache und wo ich damit hinmöchte, und er ist schon so gefestigt.« Eine Gruppe Männer von der anderen Seite beginnt ihr Sprüche hinterherzurufen und zu pfeifen.

»Hm ... ja genau ... ja.«

Sie fängt selbst an lauter zu sprechen.

»Genau ich bin gerade immer noch auf der Eisi aber gleich am Torgauer Platz.« Sie sieht sich während des Laufens immer öfter um.

»Mit Alex war es echt mega schön. Sie hat für mich gekocht und wir haben zusammen auf ihrer Couch gegessen. Wir haben *Call me by your name* gesehen. Ich war... ich glaube ich bin einfach zu dumm für solche Arthouse Filme. An sich war der Film echt supergut. Also wirklich gut. Ich wusste nur nie so ganz, ob sie sich gerade streiten oder nicht und plötzlich küssen sie sich. Also mega schöne Bilder, die der Film zeigt. Ich glaube, ich sollte echt mal das Buch dazu lesen. Alex meinte, das Buch sei sehr gut. Der Hauptcharakter sei wohl sehr direkt.« Eine Person läuft hinter ihr. Sie weiß nicht, ob es ein Mann aus der Gruppe ist oder jemand anders.

»Ah... unbedingt.« Sie greift das Telefon noch etwas fester.

»Ich bin mir nicht so sicher wie das die nächsten Wochen wird. Ich muss mich echt mal zusammenreißen und die Bachelorarbeit schreiben. Irgendwie muss ich auch noch mal auf Arbeit. Meine Chefin braucht mich da, weil sie sonst allein im Büro ist. Ich mein, ich kann das Geld gebrauchen.« In den Gesprächspausen kann sie die Schritte hinter sich deutlich hören.

»Oh, du willst mich gleich treffen? Ja perfekt, ich bin zwei Minuten von zu Hause entfernt.« Mit der anderen Hand greift sie den Hausschlüssel aus ihrer Jackentasche.

»Voll super, dass das klappt also bis in zwei Minuten.« Ihr Blick ist auf ihre Haustür fixiert.

»So, ich stehe jetzt vor meiner Haustür.« Sie sieht sich zu beiden Seiten um. Der Mann ist etwas zurückgefallen und steht an der letzten Kreuzung, den Blick auf sie gerichtet.

»Ja ich komme jetzt hoch. Muss nur schnell den Schlüssel wechseln.« Ihre Hände zittern leicht als sie aufschließt und im Hauseingang verschwindet.

»So jetzt bin ich bei mir drin«

Eva schließt die Tür ab.
Niemand wartet auf sie.
Niemand war am Telefon.
Wenigstens hatte sie sich etwas sicherer dabei gefühlt laut in die Nacht zu sagen, wo sie war.
Wenigstens hatte sie sich etwas sicherer dabei gefühlt laut in die Nacht zu sagen, dass da noch wer auf sie warten würde.

Die eine Hand tut weh vom Umklammern des Mobiltelefons, die andere vom Schlüsselbund.
Diese Selbstgespräche sind fast ein therapeutisches Ritual.
Fast ein Tagebuch.
Nur für Eva.
Allein.

Sorry

Ich
Entschuldige
Mich
Für
Alles
Und
Jeden
Immer
Auch
Ohne
Dass
Ich
Was
Dafür
Kann
Aber es fühlt sich ebenso an
Wie
Meine Schuld

Vorstellungen

Stell dir vor
Dein Körper ist nicht
Dein Zu Hause
Stell dir vor
Dass andere Menschen
Nicht wollen
Dass du ihn
Zu deinem
Zu Hause
Machen
Kannst

Man muss es sich gar nicht vorstellen
Nur umschauen

Nacht

Spaziergänge
Am liebsten bei Nacht
Damit man im Licht der Straßenlaternen
In beleuchtete Fenster sehen kann
Nicht gruselig
Um zu sehen, wie andere Menschen leben
Vor allem in der Südvorstadt
Oder Gohlis
Mit hohen Decken
Ausladenden Lampen
Gefüllten Bücherschränken
Manchmal mit Personen die selbst in die Nacht schauen
Oder sich unterhalten
Gerade in villenähnlichen Häusern
Mit Lampen die den ganzen Weg noch nicht gesehen wurden
Bleibt man kurz stehen
Und flüstert rufend in die Welt
Mit Blick auf fremde Leben

                                        Seid ihr glücklich?

Part 2

DAS GEGENTEIL VON LIEBE

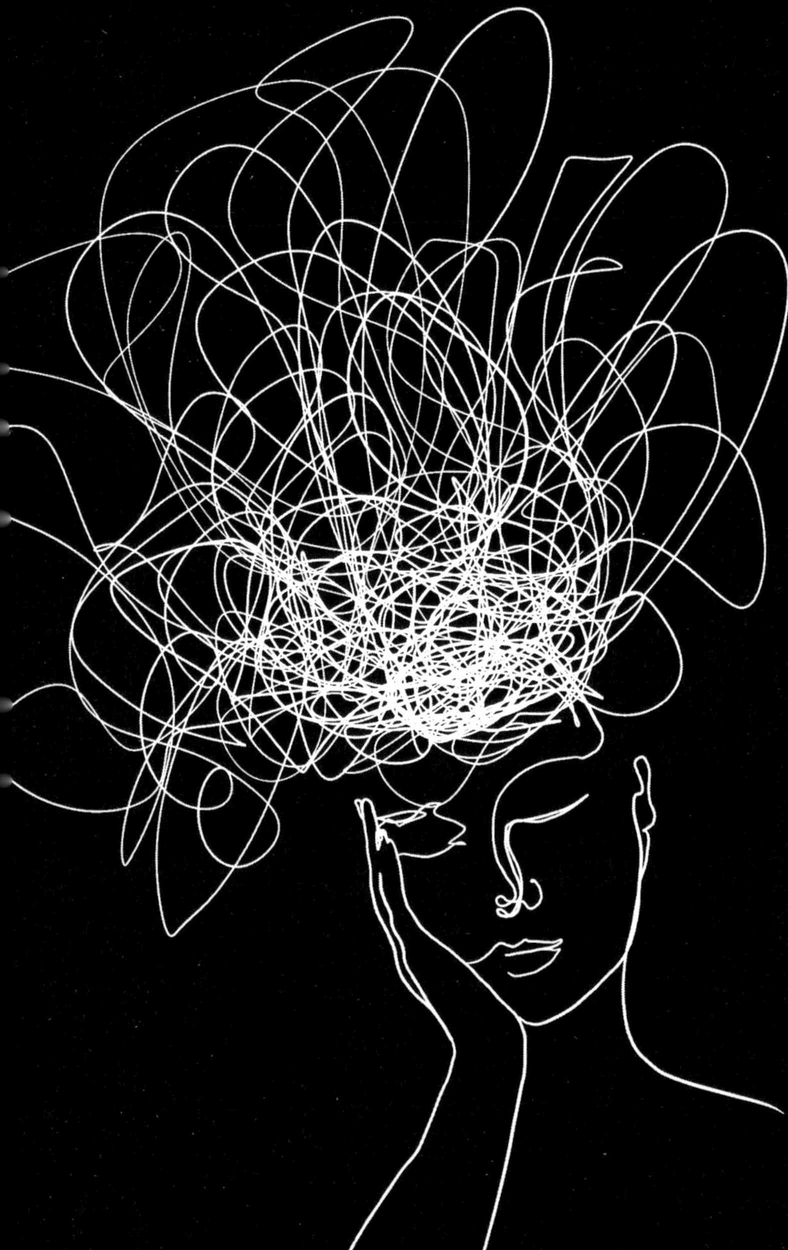

Schlaflosigkeit

Meine Schlaflosigkeit
Kommt von dem Versuch
Herauszufinden
Was wirklich passiert ist und was nicht
Welche Erinnerungen sich gewunden und verdreht haben
Ich spiele ein Wo ist Waldo mit mir selbst
Habe vergessen wie er aussieht
Und suche immer weiter

Problem

Das Problem ist:
Man konnte für
Alles
Gemobbt werden
Egal für was

Das Problem ist:
Es liegt nicht an dir
Obwohl du das denkst

Netze bauen

Ich stelle meine Freunde in einen Kreis
Ein paar aus der Familie dazu
Spanne kleine unsichtbare Fäden zwischen ihnen
Baue mir ein Netz
Ein Netz aus ihrer Zustimmung
Das mich auffängt

Das Gegenteil von okay

Als wäre an meinem Fuß, ganz unten
Ein Seil fest dran gebunden
Beschwert mit einem Stein
Zieht es mich nach unten

Es zieht mich Unterwasser
Unaufhaltsam immer weiter
Bis ich nicht mehr atmen kann
Der Kopf komplett verschwunden
Mund geöffnet
Lungen geschunden

Denn Schreie nie gehört da oben
Sterben wäre frei gewählt
Doch feige ist mein Fleisch
Dass es sich lieber weiter quält
Als Taten folgen lässt

So fang ich an zu treiben
Bis an den dunklen Grund
In Gliedern liegt die Schwere
Erstarrt ist nun mein Mund
Doch eines ist beruhigend
Je mehr Zeit hier vergeht
Die Angst sich mehr legt

Sie macht Platz für diese Leere
Überall in mir drin
Sodass es fast nichts ändert
Das ich Unterwasser bin

Sitzung

Der Stift klickt in einem unentzifferbaren Rhythmus
Meine Finger spielen ein Spiel, das niemand versteht
Ich suche verzweifelt nach einer Antwort, die ich nicht finden werde
Meine Kleidung kratzt auf meiner Haut
Verbrennt sie, eine Stimme hallt wider
Die Frage war weder skandalös noch beleidigend
»Wie geht's dir?« hat mich aufgewühlt.

Ich habe keine Antwort
Ich weiß es nicht, ich kann es nicht
beschreiben, ich weiß
es nicht, ich kann
es nicht
beschreiben,
ich weiß es
nicht,
ich kann
es nicht
beschreiben,
ich weiß
es nicht, ich
kann es nicht
beschreiben

›Vergiss nicht zu atmen‹
Ich wünschte, ich würde
es vergessen
Der Stift schreibt etwas auf

It was always you, my one and only star – love forever

Oder auch:
»Jedes Buch, das ich in meiner Kindheit gelesen habe«

Oder auch:
Versuch mal bewusst einen schlechten Text zu schreiben

Disclaimer: Die nachfolgende Kurzgeschichte dient Unterhaltungszwecken und überspitzt Klischees aus unserer Gesellschaft. Gerade in den Medien sind diese vorwiegend an junge Frauen* gerichtet und beeinflussen teilweise stark, wie man sich selbst sieht. Es wird bestimmt, was ›normal‹ ist und sehr oft eine gewisse ›Art‹ von Beziehung dargestellt. Es ist kein Problem dabei diese Art von Geschichte zu mögen, allerdings sollte man sich bewusst sein, dass porträtierte Personen meist toxische Eigenschaften besitzen und unsensibel handeln. Als Beispiel habe ich mir verschiedene Bücher, Filme und Serien genommen.

Mein Wecker klingelte wie jeden Morgen 8 Uhr und riss mich aus einem traumlosen Schlaf. Genervt blickte ich auf das Display und schaltete diesen piependen Höllengegenstand aus. Ich schwang meine Füße aus dem Bett und bemerkte, dass der Nagellack auf meinen Fußnägeln abgesplittert war. Dringend sollte ich wieder mit Polly telefonieren und sie mir nebenbei lackieren. Ich wusste schon, welche Farbe es sein sollte: rot. Allerdings nicht irgendein rot, sondern genau diesen Ton, den Backsteine haben, wenn es kurz zuvor geregnet hat und nun die Sonne in einem 50 Grad Winkel darauf scheint. Danach war schon ein intensiv leuchtendes grün in Planung und ein waldgrün, das mich allerdings an die Augen von IHM erinnerte. Mr. Arschloch, aber daran wollte ich lieber nicht denken. Ich duschte mich schnell ab und tanzte singend unter der Dusche herum zu Shawn Mendes. Danach versuchte ich meine lockigen Haare zu glätten, aber gab es final auf und band sie in einem messy Bun zusammen. Danach folgten mein Lieblingslipgloss und etwas Wimperntusche. Dezentes Make-Up fand ich viel schöner als alles, was manche Frauen jeden Morgen auf ihr Gesicht malten.

Genau so eine Frau stand heute Morgen vor mir in der Kaffeeschlange in dem hippen neuen Laden neben der Uni Leipzig. Ihr Parfüm war eine Wolke um sie herum und ich musste ein Husten unterdrücken. Manche mussten es aber auch einfach übertreiben. Sie hielt die ganze Schlange auf mit ihren Extrawünschen und fragte mehrmals nach zuckerfreien Schokoladenstreuseln. Nach dem dritten Mal verdrehte ich meine Augen und nickte unsicher den anderen Studenten hinter mir zu. Ich würde noch zu spät kommen und dann müsste ich mich ganz sicher mit IHM rumschlagen und das könnte ich heute einfach nicht ertragen. Die Frau vor mir mit den kilometerlangen Beinen versuchte jetzt noch fettfreie Sahne zu bekommen. Ob sie Kaffee kaufen wollte oder doch eher Luft trinken wollte war sicher nicht nur mir ein Rätsel. Endlich ging sie an mir vorbei, ihren abwertenden Blick auf meinen Hoodie gerichtet, den ich vor zwei Saisons im Outlet mit Polly erstanden hatte. Was fiel ihr denn ein so schnell über mich zu urteilen? Sie kannte mich doch gar nicht? Ich konnte doch wohl tragen was ich wollte. Es konnte sich nun mal nicht jeder Chanel Kleider, Dolce & Gabbana Schuhe und eine Gucci Tasche leisten, was diese Frau zwar alles nicht trug, von dem ich aber sicher war, dass sie all das besaß. Frauen wie sie hatten so was einfach. Frauen wie sie, denen sah man die Ignoranz schon an. Denen sah man genau an, was Frauen wie sie über Frauen wie mich dachten. Und wie sie uns vorschnell verurteilten. Na toll. Jetzt hatte diese unbekannte, furchtbare Frau mir bereits am frühen Morgen schlechte Laune gemacht. Das schaffte doch sonst nur ER. ER, von dem ich genau wusste, dass er genau solchen Frauen immerzu hinterher sah, vermutlich sogar mit ihnen schlief. Wie viele von dieser Sorte würde er wohl im letzten Jahr gehabt haben? Drei? Bei ihm konnte man da einfach nicht durchsehen. Er wechselte seine Frauen zumindest schneller, als es dauerte die extravaganten Kaffeebestellungen dieser Sorte Frauen zuzubereiten. Ich trat an den Tresen und bestellte einen großen Kaffee Latte ohne Koffein mit extra braunem Zucker, Karamellsirup und Mandelmilch. Den Sirup im Uhrzeigersinn eingerührt, und die Mischung dreimal gegen den Erdmittelpunkt geschüttelt. Eine kleine Kirsche on top. Aber keine aus dem Glas, sondern eine frische vom Obstladen in den Gohlis-Arkaden.

Der Barista lächelte mich süß an und ich sah verlegen auf den Boden. Freundlichkeit war wahrscheinlich bei solchen Cafés ebenso Einstellungskriterium wie der Hipsterhaarschnitt, die große Brille und das süße Lächeln mit den kleinen Grübchen auf der Wange. Nicht, dass ich zu sehr darauf achten würde. Warum sollte ich auch? Ein Typ wie er würde sich bestimmt nicht für jemanden wie mich interessieren. Für die Frau, die vor mir war, allerdings bestimmt.

Mit dem Kaffee in der Hand rannte ich fast über den Campus, um noch rechtzeitig zu meinem Wirtschaftsseminar zu kommen. Die Treppen waren die Hölle aber so langsam wie der Fahrstuhl fuhr, waren sie tausendmal besser. Ich erreichte den Seminarraum 322 kurz nach 9:15 Uhr, da ich einfach kein beschissenes Glück hatte. Ich hielt mich an der Türklinke fest und war gerade dabei durchzugehen, als von innen stark an der Tür gezogen wurde. Ungewollt stolperte ich nach vorne. Ich kniff die Augen zusammen und bereitete mich auf einen harten Aufprall auf dem Boden vor – fand mich allerdings in starken Armen und gegen eine harte Brust gepresst wieder. Der Geruch von Zimt, Patschuli und einer Holznote – sicher Esche oder Buche – hüllte mich ein und desorientierte für einen Moment. Als ich mich wieder fing, trat ich unsicher einen Schritt zurück und drohte auf etwas nassem auszurutschen. Mein Kaffeebecher musste bei dem Aufprall wohl übergeschwappt sein. Doch starke Arme hielten mich auch hier wieder vor dem Fallen ab und eine weitere Woge des Duftes umhüllte mich.

»Frau Dillner, wenn Sie aufpassen würden pünktlich zu kommen, würden Sie vielleicht nicht unseren Boden dreckig machen. Nur ein Rat für das nächste Mal«, raunte eine mir nur allzu bekannte, leider viel zu schöne, Stimme zu. Mr. Arschloch, oder in universitären Kreisen auch als Dr. Maxwell bekannt, stand mir gegenüber und seine fichtenwaldgrünen Augen fixierten mich mit einem intensiven Blick. Mir schoss Röte in die Wangen und ich ärgerte mich über seine Aussage. Ich war kein kleines Kind, dem man zu sagen hatte, wann es wohin zu kommen hatte. Tausende Studenten kamen zu spät, warum sollte ich mich immer dafür entschuldigen müssen? Warum mussten die Augen von diesem Typen nur so faszinierend sein? Grasgrüne Scheiben mit dunkleren Elementen als würde sich auf einer Lichtung der dunkle Nadelwald abzeichnen. Goldene Flecken zierten seine Augen wie kleine Lichtstrahlen, die durch das Dickicht kamen. Sein ganzes Gesicht war so bescheuert faszinierend, mit klaren Kanten und den dunklen etwas längeren Haaren, die ihm so ästhetisch ins Gesicht fielen. Das kitzelnde Gefühl in meinem Bauch machte mich wütend, wie konnte er mich nur so mit seinem Gesicht unter Kontrolle haben?

»Alles klar«, sagte ich so abwertend wie möglich und zog die Tür mit so viel Kraft, wie ich aufbringen konnte, zu. Auf seine zusammengezogenen Augenbrauen hin lächelte ich nur das süßeste Lächeln, das ich zu bieten hatte. Dann ging ich in die letzte Reihe zu meinem besten Freund Liam und packte aus meinem rosa Rucksack mit dem Gänseblümchenmuster meinen Reader und mein Bullet Journal sowie die Kalligrafiestifte. Danach umarmte ich Liam und ignorierte den Blick von Mr. Arschloch, der sicher da sein würde. Sollte er doch über die Freundschaft von Liam und mir denken was er wollte. Liam verweilte etwas länger, weil wir so gut befreundet waren und seine aschblonden Haare kitzelten mich im Nacken. Er sah aus wie die Definition eines Surfers und bedeckte sein Six Pack immer mit einem Polohemd.

»Hast du mir auch was mitgebracht?«, fragte er mit seinem schiefen Grinsen, das an Edward Cullen erinnerte. Er stupste seine Nase leicht gegen meine Schulter.

»Natürlich«, erwiderte ich und holte wie gewohnt ein Croissant aus meinem Rucksack heraus und gab es ihm. Er bedankte sich mit einem Zwinkern und biss herzhaft hinein. Natürlich blieb etwas von der Schokofüllung an seinem Mund hängen wie fast jeden Morgen. Aus Reflex streckte ich meine Hand aus. Liam zu zeigen, wo etwas hing, hatte noch nie sonderlich viel geholfen. Sanft ließ ich meinen Finger über seine Wange und Lippe fahren und schaute ihm dabei tief in die Augen wie es Freunde nun mal taten. Seine waren wie der Ozean bei Sturm. Die Schokosoße von meinem Finger schmeckte herrlich und wir mussten beide kichern. Andere drehten sich zu uns um, aber das interessierte uns nicht im Geringsten. Zusammen waren wir einfach immer zu witzig drauf. Einmal habe ich sogar so sehr gekichert, dass mein Bauch wehtat. Dabei hat Liam mich dann ganz festgehalten und es gleich besser gemacht.

»Du bist so gut zu mir Laura. Lass mich dich mal wieder zum Abendbrot einladen.«

»Da sage ich nicht nein.«

Liam geht regelmäßig mit mir essen und besteht jedes Mal darauf die Rechnung zu übernehmen. So eine freundliche Geste, aber bei dem Handtuch-Imperium, das sein Vater besitzt kein Wunder. Die Mighty McTowel Handtücher lagen wirklich überall herum, man kam gar nicht an ihnen vorbei. Meistens ist unser Essen gehen noch von langen Filmabenden und meinen Lieblingsblumen begleitet. Liam ist ein wahrer Freund hier in Leipzig. Ich hoffe es klappt bald, dass er mich mitnimmt, wenn er das nächste Mal zu seiner Familie nach New York jettet. Er hatte mich nicht lange bitten müssen als er mir vorschlug, mich seiner Familie vorzustellen. Diese amerikanische Freundlichkeit, seine besten Freunde der Familie vorzustellen. Ach, andere Länder, andere Sitten.

Ich schaue kurz nach vorne zu der Präsentation, aber kenne schon jeden der Inhalte. Ich hatte mal einen fünfzigminütigen Aufbaukurs während meiner Einführungswoche. Ein Glück kam da auch der Stoff aus dem vierten Semester dran. Seither muss mich nie etwas für die Uni tun und konnte mich auf wichtige Dinge in meinem Leben konzentrieren. Die Notizen aus dem Aufbaukurs habe ich mit Pastellfarben bunt gestaltet. Dazwischen finden sich geschwungene Linien und Buchstaben von dekorativen Handletterings wieder. Auch kleine Herzen und Tupfen zieren die Seite. Das Gesamtbild von weiter weg betrachtet gleicht diesem einen berühmten Bild von Paul Klee. Auf der aktuellen Seite steht ›Die Kraft deiner Gedanken bewirkt Wunder‹. Ich lächle. Ich setze gerade an Liam von der furchtbaren Frau in der Schlange vor mir zu erzählen, als eine tiefe Stimme laut durch den Raum zu mir dringt.

»Frau Dillner, wenn Sie nicht in diesem Seminar sein wollen, dann kommen Sie bitte nicht mehr. Ich würde es nur begrüßen, wenn Sie andere Studenten nicht vom Lernen abhielten.«

Ich kochte vor Wut. Natürlich hatte er mich wieder besonders auf dem Kieker. Wenn andere geredet hätten, war ich mir zu 110% sicher, dass er nichts gesagt hätte. Der dachte wahrscheinlich auch, ich wäre nur so ein blödes Blondchen. Dabei wusste ich doch genau, dass er die Frau heute Morgen aus der Schlange gut gefunden hätte.

»Fragen Sie mich doch was wir gerade machen.« Ich grinste herausfordernd mit erhobenem Kopf. Was der konnte, das konnte ich aber mal so was von schon lange.

»Ich«, er brach kurz ab und Triumph machte sich in meinem ganzen Körper breit. Da stand es wohl nun 1:0 für Laura gegen Mr. Arschloch. »Ich bin mir nicht sicher, ob es andere Studenten interessiert, auf welchem Lernstand Sie sind. Außerdem sind wir nicht in der Schule. Mein Ziel ist es, dass sich jeder aus meinem Seminar einen groben Überblick über die Vorlesungsinhalte verschaffen kann. Wenn ich also bitten dürfte, dass Sie dies respektieren und leise sind, würde ich dies sehr begrüßen.«

Diesmal konnte ich ein Schnauben nicht unterdrücken und ungewollt schoss mir Röte in die Wangen. Was fiel ihm ein mich so vorzuführen? Vielleicht sollte ich eine Petition starten gegen unterdrückende Männer. Doch wahrscheinlich würde er seine Machtposition nur ausnutzen. Dr. Maxwell starrte mich noch einen Moment länger an und ich spürte seinen intensiven Blick auf mir, ehe er weiter mit seinem ach so tollen Seminar machte. Liam strich mir aufmunternd über den Rücken.

Natürlich musste der Maxwell überziehen und hatte auch noch die Frechheit am Ende der Einheit, während alle am Einpacken waren, mich um ein kurzes Gespräch zu bitten. Liam warf mir eine Grimasse zu und versicherte mir vor der Tür zu warten. Egal, ob er an einem anderen Unistandort Seminar hatte oder nicht, brachte er mich doch stets zu meiner nächsten Veranstaltung. Er war so eine gute Seele und objektiv wirklich heiß. Ich fragte mich immer wieder, warum er keine Freundin hatte.

Ich ging langsam nach vorne. Der Pulk aus Mädchen mit süßlichen Düften, die am Ende der Veranstaltung immer an seinem Pult rumstanden, war erschreckend. Ich musste eh warten, bis sie gingen, denn mit ihren kilometerlangen Beinen überragten sie mich dezent. Am liebsten hätte ich sie gefragt, was sie von so einem Neandertaler wollen konnten, aber sie kannten ihn nun mal nicht so wie ich ihn kannte. Es war definitiv nicht viel Schönes zum Kennen dabei. Trotz seiner Groupiegemeinde fanden Dr. Maxwells Augen sofort meine und mir schoss wieder etwas Röte in die Wangen. Ich machte noch einen Schritt weiter auf die Gruppe zu und drohte fast zu stolpern, doch fing mich gerade so. Sauer war ich vor allem auf mein Herz, das bei dem Gedanken an starke Arme schneller schlug und mein olfaktorisches Gedächtnis, das den Duft von Mr. Arschloch viel zu präsent in meiner Nase hielt. Dr. Maxwell bat seinen Harem uns kurz allein zu lassen und ich mochte mir gar nicht vorstellen, was sie hinter ihren bemalten Gesichtern über mich dachten. Definitiv nichts Gutes, ihren abwertenden Blicken nach zu urteilen. Oder sie hatten einfach nicht mehr viele Gesichtsausdrücke nach ihren sicher stattgefunden Operationen. Als die Tür hinter ihnen ins Schloss schlug kam er einen weiteren Schritt auf mich zu und ich wollte einen Schritt zurückweichen blieb aber standhaft.

»Laura«, raunte er und ein Schauer durchfuhr mich ungewollt.

»Ryan«, erwiderte ich mit hochgezogenen Augenbrauen.

»Was ist los?«, fragte er fast fürsorglich.

Ich konnte es erneut nicht verhindern, dass sich meine Augen drehten. Ich kannte doch seine Maschen, kannte doch all seine Tricks. Kannte sie bereits seit Jahren. Damit hatte er auch meinen großen Bruder auf die schiefe Bahn gebracht.

»Warum sollte es dich kümmern was los ist?« Er verschränkte seine Arme und seine Augen nahmen einen harten Ausdruck an. Die Temperatur im Raum fiel mindestens um 25 Grad. Nun verschränkte auch ich meine Arme.

»Laura, du weißt, ich habe meinen Kopf hingehalten, nachdem was letztes Jahr passiert ist. Und... «

»Das hättest du nicht machen müssen und das weißt du auch. Tu nicht so als ob du mir etwas schuldest.« Er war kurz still. »Ich kann aber nicht ändern, dass du die Schwester meines besten Freundes bist und du mit deinem Bruder zusammenwohnst. Ich möchte nur, dass es Noah gut geht. Es ist keine böse Absicht, dass ich so oft bei euch bin. Ich will dir doch nichts Böses. Es geht aber nicht, dass du während meines Seminares nur laut redest. Ich weiß, du kennst die Inhalte, aber du hast schon wieder deine Prüfungsvorleistung verpasst. Ich weiß, was letztes Jahr passiert ist, war schwer, aber ich kann dich nicht immer in die Prüfungen reinmogeln.«

Jetzt war es meine Zeit zu schweigen. Reinmogeln? Als würde ich das nicht selbst schaffen. Er wusste doch genau, was passiert war. Ich fasste einfach nicht, was hier gerade passierte. Wie konnte er mich nur an das schlimme letzte Jahr erinnern? Wie konnte er es wagen über die Vorkommnisse zu sprechen als wären sie auch nur im entferntesten sein Problem gewesen. Als würde ihn mein Wohlergehen kümmern. Mit welchem Recht nahm er Noahs Namen in seinen schmutzigen, absolut perfekten Mund. Ob er da was hatte machen lassen? Wundern würde mich das nicht. Dann passte er ja hervorragend zu seinen aufgespritzten Bitches.

»Alles klar. Vielleicht komme ich auch einfach nicht mehr. War's das? Ich würde heute nämlich gerne noch irgendwann zu meinem anderen Kurs kommen Ryan. Bei dem Boldt möchte man lieber nicht zu spät kommen.«

Ich unterdrückte gerade so das Bedürfnis meine Zunge rauszustrecken, drehte mich um bevor ich eine Antwort von ihm gehört hatte und war nur einen Schritt von der Tür entfernt.

»Bis heute Abend Laura«, sagte er ganz leise. Aber natürlich hörte ich ihm zu. Sicher müsste ich ihn heute bei unserer WG-Party wiedersehen, aber ich hatte schon meinen ganz eigenen Plan. Denn keine Sorge, wie mein Spruch schon sagte: »Die Kraft meiner Gedanken bewirkt Wunder.«

Es ist gedeckt

Tischdeko kann unfassbar interessant sein
Man kann an ihr zählen
Sie sich in anderen Farben vorstellen
Sie sich größer vorstellen
Sie sich mit mehr Kitsch vorstellen
Sie sich mit einem Sepiafilm vorstellen
Der Vorstellung gegenüber Tischdeko sind keine Grenzen gesetzt,
Wenn man sich nur anstrengt
Sich anstrengt, damit die am Tisch gesagten Worte einen nicht treffen

Präsentierteller

ich mache mir doch nur sorgen, bist du schwanger, willst du das wirklich noch essen, du musst langsam mal aufpassen, weißt du, das ist ungesund, jemand den ich kannte, hatte mit 40 deshalb schon einen herzinfakt, ich habe angst um dich, das ist ungesund, geh mal zum arzt, mach mal mehr sport, sag mal nein, lass hunger zu, lass eine mahlzeit weg, iss mal einen apfel, achte mal auf dich, so wie du aussiehst möchte dich keiner haben, so kann dich keiner lieben, ich mache mir doch nur sorgen

können wir bitte über etwas anderes reden

warum willst du nicht noch nachtisch, heute sind feiertage, heute ist geburtstag, heute geht das mal, ab morgen musst du aufpassen, iss das doch jetzt, natürlich ist da fleisch dran, willst du noch nachschlag, nur was kleines, willst du heute alkohol? – schnelles nicken, davon wirst du aber noch fetter

können wir bitte über etwas anderes reden

vielleicht bist du so vom fahrstuhl fahren, du kommst alleine nicht klar, schau dich doch an, vielleicht ist es vom vegetarisch sein, du machst sicher keinen sport, du machst doch sicher generell gar nichts, ich will gar nicht wissen wie es bei dir aussieht, deine klamotten haben falten, deine jacke spannt, welche größe hast du denn jetzt, du solltest mal zum arzt gehen, wollen wir dich gleich hier wiegen

können wir bitte über etwas anderes reden

du brauchst einen abschluss, aus dir wird doch nichts, wie lange dauert das noch, schon wieder durchgefallen, wir haben das damals auch geschafft, wir hatten alle stress, es geht jedem mal nicht gut
Du atmest schwer
Du atmest langsam
Tränen in den Augen
Stummes nicken
›ok‹

Ein bisschen mehr

Atem schwer,
Augen schwer,
Der letzte Kaffee nicht lange her.
Die Augenlider zucken,
Der Bildschirm zuckt,
Die nächste Tasse nur der letzte Schluck.
Ich schaff das nicht,
Ich kann das nicht,
Es ist der letzte Versuch.
Wenn ich jetzt versage –
Es ist alles zu viel,
viel zu viel,
mega viel zu viel,
gewaltig viel zu viel,
es ist viel.
Mach noch ein bisschen mehr.
Die To-Do Liste eine Aufzählung von Misserfolgen,
Radierbarer Stift.
Aus Gründen.
To-Do Liste oft verlegt.
Aus Gründen.
Keine Besuche in der Wohnung.
Aus Gründen.
Ungeöffnete Chats.
Aus Gründen.
Augen schwer,
Atem schwer.

Freundschaft

Ich wünschte, ich wäre mit mir befreundet
Nicht für mich
Auf keinen Fall

Ich wünschte, ich könnte mit mir befreundet sein
Ich würde Ratschläge bekommen
Unterstützung von mir
Liebe von mir

Ich würde mir verzeihen
Mich aufbauen
Mich machen lassen
Mich genug sein lassen

Gedanken

Meine größte Angst
Ist keine große Sache
Sie besteht aus vielen kleinen Ängsten
Sie besteht aus Gedanken
Meine Angst ist,
dass alles was ich denke,
wahr sein könnte

Part 3

SEXUALITÄT

In der Nacht

Meine ganze Familie
Der Teil mit dem ich noch reden kann
Würde verurteilen
Dass ich dich mag
Doch wenn meine Hand wandert
Mich berührt als wäre ich jemand anders
Ich mir selbst in die Dunkelheit Dinge sag
Fällt es nicht schwer zu beurteilen
Und ich hoffe man hört es nicht nebenan

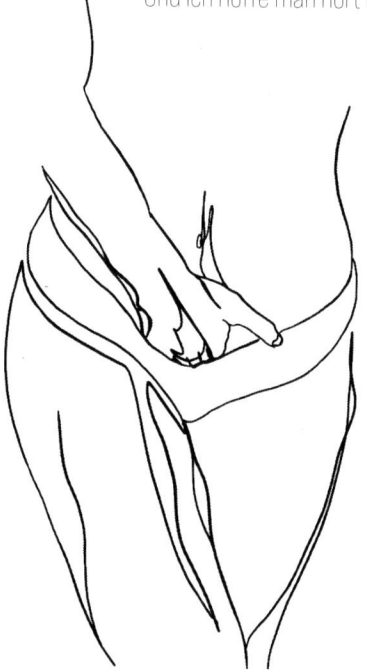

Ace in the Cards

»Ich mag es nicht.«

Theresa starrte sie an. »Du magst es nicht?«

Kira schüttelte den Kopf. »Ich dachte mal, ich mag es. Aber ich mag es einfach...«

»Nicht«, beendete Theresa für sie.

»Ja.«

»Hm.« Theresa streckte sich einmal, schlug die Beine unter sich zusammen, stützte ihr Kinn auf die Rückenlehne der Couch und fuhr mit den Fingern über die Bezüge der Ikea Dekokissen.

Kira saß absolut still und beobachtete sie, wartete darauf, dass ihre Freundin etwas mehr als bloß ein paar Worte am Stück sagte. Die Heizung in Kiras Altbauwohnung brummte und knackte, wie sie es schon den ganzen Herbst über tat. In der hinteren Ecke des Zimmers lag ihre Katze, eine sehr faule Katze namens Tonks. Normalerweise hätte Kira versucht Tonks zu sich rüber zu locken mit Schnalzgeräuschen ihrer Zunge, aber das erschien ihr unangemessen.

Sie waren selten bei Kira und lieber bei Theresa, da in ihrer WG mehr Leben war und weil das Klicken der Heizung Theresa nervte. Trotzdem war es auf eine unverständliche Art schön hier zu sein und nicht bei Theresa.

Es hatte Kira den seltsamen Mut gegeben, Theresa zu sagen, was sie in sieben Monaten Beziehung nicht gesagt hatte. Eine imaginäre Grenze schien überschritten seit Beginn dieses Gesprächs. Vorher war alles in der traumhaften Anfangsphase. Alles war von Verliebtsein überschattet und der Alltagstrott noch ein paar Wochen entfernt. Doch dieses Gespräch machte alles so unerwartet ernst.

Sex und Liebe.

Liebe und Sex.

Schwer differenzierbar und meist gleichgesetzt. Für Kira hätten beide Zustände zwei unterschiedliche Galaxien im Universum sein können und wären immer noch irgendwie zu nah aneinander.

Theresa seufzte und Kira blinzelte. Die Stille waberte zwischen den beiden und dehnte sich weiter aus. Kira wippte unruhig auf ihrem Platz, während Theresa fast eingefroren wirkte. Nur dass sie an ihrer eigenen Haut zupfte, sodass rote Abdrücke entstanden, zeigte, dass sie es nicht war. Fast wirkte es, als ob Theresa etwas sagen wollte, aber nie entstanden Worte. Vielleicht hätte Kira auch nichts sagen sollen.

»Hattest du mal ein schlechtes Erlebnis oder so?«, fragte Theresa leise. Kira hätte definitiv nichts sagen sollen, aber die veganen Fleischbällchen waren schon in der Soße.

»Hattest du ein traumatisches Erlebnis und stehst deshalb auf Frauen?«, fragte Kira forsch und ehe Theresa etwas erwidern konnte, machte sie weiter, »Denkst du, das ist leicht für mich? Ich fühle mich wie ein Freak. Jeder erwartet, dass man Sex hat und haben will, am besten das erste Mal mit 14, aber ich wollte eben nie.«

»Aber wenn du nicht wolltest, warum hast du dann mit mir geschlafen?« Jetzt wurde auch Theresa lauter. Sie sah Kira immer noch nicht an.

»Weil ich dachte, dass ich muss?«

»Ich habe dich immer gefragt, ob du es willst. Ich habe nichts ohne dein Einverständnis gemacht!«

»Nein.« Kira atmete scharf aus, »Du hast mich nicht vergewaltigt, wenn du das wissen willst. Dann wäre dies ein anderes Gespräch.« Bei dem Wort vergewaltigt schaute Theresa erschrocken hoch und wandte dann ihren Blick ab.

Stille kehrte wieder ein. Kira war viel zu geladen, um Theresas Rückzug zuzulassen.

»Ich wollte es probieren und habe gehofft, dass ich es magischerweise doch ganz okay finde. Aber ich mag es nicht.«

»Tut mir leid, dass du dich zwingen musst mich attraktiv zu finden«, sagte Theresa leise.

Kira war sprachlos. Einfach nur sprachlos.

»Ich zwinge mich nicht dich attraktiv zu finden. Ich finde dich attraktiv. Aber ich möchte trotzdem keinen Sex mit dir. Mit niemandem.«

Theresa schwieg wieder. Das Klicken der Heizung schlich sich zusammen mit Theresas schwerem Atmen in die Stille.

»Tut mir leid«, murmelte Theresa irgendwann und seufzte. »Es ist nur – es ist nur unerwartet. Ich dachte wir hatten Spaß. Also ich dachte alles läuft gut und das kommt jetzt irgendwie aus dem Nichts.« Auf Theresas linker Hand hatte sich durchs Kratzen eine offene Stelle gebildet.

»Kannst du das erklären?«, fragte Theresa nach einiger Weile.

»Ich will es verstehen. Ich habe immer gewusst, dass ich... mit jemandem zusammen sein will. Sex haben, meine ich. Ich habe es nie in Frage gestellt. Ich kann mir das schlecht vorstellen. Also mich in dich hineinversetzen. Nicht, dass ich dir nicht glaube.«

Theresa sah Kira immer noch nicht an, sie schaute auf die olivgrünen Kissenbezüge hinunter, aber ihre Füße waren immer noch unter ihrem Hintern und ihre Schultern waren Kira zugewandt, also war Kira nicht beunruhigt. Noch nicht. Auch wenn sie sich vorgestellt hatte das Gespräch würde besser laufen.

»Du willst keinen Sex?«, fragte sie, um zu bestätigen, was Kira schon zweimal gesagt hat.

»Nein«, sagte Kira.

»Und du magst es nicht?«

»Nicht wirklich. Es ekelt mich irgendwie an.«

Endlich hoben sich Theresas Augen zu denen von Kira. Ihre Augenbrauen zogen sich zusammen, ihr Mund war entspannt. Kira war sich nicht sicher, ob Theresa ruhig war, oder ob sie nur so tat als ob, um Kira nicht zu verschrecken.

»Das tut mir leid.«

»Das ist etwas so als würde ich sagen, es tut mir leid, dass du auf Frauen stehst«, sagte Kira nüchtern und Theresa entschuldigte sich erneut.

»Dich ekelt es ja offensichtlich nicht an«, warf Kira in den Raum und verstummte wieder. Kira schluckte. Das war der Teil des Gesprächs, über den sie sich Sorgen gemacht hatte. Nicht, weil sie dachte, Theresa würde sie verurteilen oder meiden oder denken, sie sei seltsam, sondern weil es nicht das ist, was Theresa von einer Beziehung wollte. Das Problem lag auf der Hand. Und dennoch stach es in ihrem Herzen, denn sie wollte Theresa nicht verlieren. Theresa war ihr einfach zu wichtig. Liebe war noch nicht das Wort, noch lange nicht.

»Alles klar« sagte Kira und räusperte sich. Sie wünschte sich, sie hätte einen Tee gekocht oder Gebäck auf den Betttisch gestellt. Sie hätte am Coppiplatz einkaufen gehen können und sich mit Essen ablenken können. Vielleicht hätte sie es auch ganz anders anfangen sollen. Spontane Alternativen in ihrem Kopf wären gewesen zu sagen, dass sie asexuell sei. Allerdings war sie sich nicht sicher, ob Theresa wusste, was das genau bedeutet. Theresa war zwar bi aber selbst als Kira bei dem ersten Date gesagt hatte, dass sie pansexuell sei, war Theresa verwirrt gewesen. Eine andere Alternative wäre zu sagen, dass mit ihr die Blutlinie aussterben würde, aber das wäre verwirrend gewesen und irgendwie komisch, aber irgendwie auch ein bisschen cool.

»Also ja, ich liebe Sex. Ich – Ich musste das noch nie wirklich in Worte fassen. Ich mag die Nähe und alles drum herum.«

Kira wurde aus ihren Gedanken gerissen als Theresas Augen sich weiteten und sie sich zum ersten Mal zu ihr drehte.

»Kira?«, sagte sie leise. Sie streckte die Hand nach ihr aus und ihre Fingerspitzen berührten ihren Handrücken und strichen sanft darüber. »Mach nicht so ein Gesicht.«

»Wie denn?«

»Als würde ich wiederholt mit einem stumpfen Messer auf dich einstechen und es immer wieder langsam umdrehen. Also, als hättest du deine Tage.« Theresa lächelte ein wenig. »Ich werde nicht gehen. Ich bin hier. Genau hier. Nur weil ich noch nicht alles verstehe, was das bedeutet, heißt das nicht, dass ich dich jetzt allein lasse.« Ihr Daumen rieb über Kiras Handrücken, wie eine sanfte Brise, welche die Wellen der wirbelnden Flüsse von Kiras Blut beruhigte. »Ich bin hier. Genau hier.«

Kira sah Theresa an. Ihre blonden lockigen Haarsträhnen, die im Licht der Abendsonne orange glühten, über ihre Wangenknochen fielen und sich um ihre Ohren wickelten. Ihre Wimpern, die ohne Mascara kaum zu sehen waren, überschatteten ihre Augen.

»Ich höre zu«, sagte Theresa. »Ich will alles wissen. Wie du es herausgefunden hast, wie deine Erfahrungen sind. Alles.«

»Ok« sagte Kira. »Okay.« Eine wartende Stille, friedliche Stille breitete sich im Raum aus während Kira versuchte sich zu sammeln. Kira saß abwartend, bevor sie sprach.

»Ich dachte immer, ich würde Sex wollen«, begann Kira. Es war einfacher, auf ihre eigenen Knie zu starren, während sie das sagte. »Du weißt ja, dass ich mich zu Menschen hingezogen fühle, zu ihren Körpern. Ich mag ihre Arme, ihre Schultern, ihre Hände. Ich will ihre Bäuche und ihre Brüste und ihre Beine. Ihre Oberschenkel und ihre Fersen und die Unterseite ihres Kiefers.« Kira schüttelte sich ein wenig. »Das ist – Das war komisch, egal. Was ich sagen will, ist, dass ich diese Dinge von dir will. Ich fühle mich zu diesen Dingen an dir hingezogen. Ich fühle mich von dir nicht angeekelt. Also nicht von dir.«

Theresas Atem stockte, Kira hörte es. Sie reagierte nicht darauf, sondern fuhr mit der Rede fort, die sie ihrem Spiegelbild seit Monaten zuflüsterte.

»Ich möchte mit meinen Fingern über deinen Bauch streichen, mein Gesicht in deinem Nacken vergraben und mich an deinen Hüften festhalten. Ich möchte deine Oberschenkel küssen, deinen Rücken, die Innenseite deines Arms, deine Handflächen. Ich will diese Dinge mit dir machen, und ich will, dass du sie mit mir machst.« Kira hielt inne. So etwas hatte sie noch nie gesagt, so unverhohlen, so laut, so deutlich. Theresa hob vorsichtig eine von Kiras Händen zu ihrem Mund und küsste sie sanft.

»Aber ich will keinen Sex.« Kira atmete langsam ein und aus. »Genitalien geben mir ein ekliges Gefühl. Ich fühle mich unwohl dabei. Ich will es nicht. Ich will nichts damit zu tun haben. Und...« Kira holte noch einmal langsam Luft. »Es hat lange gedauert, bis ich das begriffen habe. Ich kannte niemanden, der so fühlte, wie ich es tat. Entweder wollten die Leute Sex haben, oder sie wollten es nicht. Niemand empfand Verlangen nach jemandem... wollte aber keinen Sex mit dieser Person haben. Ich wusste nicht, dass man jemanden lie... dass man Gefühle haben kann und Beziehungen haben möchte, aber dennoch nicht das Verlangen hat miteinander zu schlafen.« Kira blickte von ihren Knien auf. Theresa nickte, ihre Augenbrauen waren immer noch konzentriert in der Mitte zusammengezogen, und ihre Hände hielten sich immer noch an Kiras fest.

»Weißt du was, Kira?«, sagte Theresa.

»Ja?«

»Ich bin in dich verliebt.«

Kiras Kehle wurde trocken. »Du – was?«

Theresa drehte sich zu Kira, hielt ihre Hände und sah ihr direkt ins Gesicht. »Ich bin in dich verliebt. So, so unglaublich verliebt in dich.«

Der ruhige Ausdruck in ihrem Gesicht löste sich auf, und Kira sah Theresa an, wirklich an.

»Es ist mir egal, ob du Sex willst, oder nicht. Es ist mir egal, dass du billigen Tee trinkst, obwohl ich dir Unmengen anderen schenke, und dass du den Dampf nicht vom Spiegel wischst, wenn du duschst, und dass du nie deine Haare nach dem Schlafen kämmst.«

»Meine Haare lassen sich nicht einfach kämmen«, murmelte Kira. Theresa grinste sie an. »Diese Dinge stören mich nicht im Geringsten.« Theresa rutschte näher an Kira heran. »Weil du es bist. Weil...« Theresa lachte, ihre Stimme war brüchig und voller Luft. »Weil ich in dich verliebt bin.«

Kiras Magen drehte sich um und sank, und ihr Herz pochte, und die Ströme von Blut, die sich über ihre Knöchel schlängelten, hämmerten, hämmerten, hämmerten.

»Kira?«

Kira konnte nur nicken. Ihre Sprache schien sie im Stich gelassen zu haben.

»Du bist perfekt.«

»Bin ich nicht«, murmelte Kira und schüttelte den Kopf so heftig, dass ihre Wangen wackelten.

»Du bist perfekt für mich.« Theresa legte den Kopf schief und sah Kira so ernst und süß an, dass alle Gedanken und Zweifel Kiras in schwindelerregenden Kaskaden an ihr herunterpurzelten und verschwanden.

Kira sagte nicht ›Du bist auch perfekt für mich‹. Sie kippte nach vorne und fiel direkt in Theresas Arme hinein. Sie sagte kein weiteres Wort, schlang nur ihre Arme um ihre Freundin und drückte ihr Gesicht fast schmerzhaft in Theresas Schulter. Sie weinte ein wenig.

»Danke«, flüsterte Kira in den Raum.

Sie blieben eine Weile in dieser Position.

»Wissen es deine Eltern?«, fragte Theresa und strich Kira sanft durchs Haar, die langsam in ihren Schoß gesunken war.

»Irgendwie – hm. Mir kam tatsächlich nie in den Sinn mich vor ihnen zu outen. Du kennst sie ja. Pan sein verstehen sie als Bi sein und das ist auch irgendwie okay. Ace sein ist zwar Teil meiner Sexualität, aber genauso wie man seinen Eltern meist nicht von Sex erzählt«, sie verzog bei dem Wort das Gesicht, »weiß ich nicht, ob ich ihnen erzählen möchte, dass ich keinen habe. Oder haben möchte. Also zumindest mir nicht aktiv vorstelle ihn zu haben. Und mir auch nicht vorstellen möchte ihn zu haben.«

Theresa nickte nur.

»Stopp mich, wenn das zu weit geht, aber machst du es dir selbst?« Nur wenige Sekunden später schob Theresa hinterher: »Wow, das musst du echt nicht beantworten, ich – es ist echt neu für mich und ich würde gerne mehr darüber wissen. Aber nur wenn es für dich okay ist.«

»Nein es ist ja auch neu für mich. Also zumindest einen Namen zu haben. An sich masturbiere ich schon. Ich stelle mir dabei nicht vor wie andere miteinander schlafen oder schaue Pornos oder so etwas. Ich lese dabei oder denke eigentlich an gar nichts. Ich mag das Gefühl des Orgasmus. Oder eher das Gefühl danach. Ich fühle mich einfach nicht von Menschen erregt, sondern fühle mich manchmal danach einen Orgasmus zu haben. Oder Kuchen. Oder vegane Sprühsahne. Oder Zimt. Oder ein volles Bücherregal mit wunderschönem Covern. Ich verstehe es selbst noch nicht so ganz.«

Theresa strich weiter durch ihre Haare. Tonks machte sich langsam aus der Ecke und sprang nicht, sie zog sich eher hoch, auf die Couch. Die Katze rollte sich an Kiras Füßen zusammen.

»Theresa?«, Kiras Stimme wurde leise. »Ich bin sehr froh, wie das lief. Aber ich weiß, dass du Sex magst und möchtest, also möchte ich dir nur sagen...«

Kira biss sich auf die Lippe und umarmte Theresa noch etwas fester. »Ich verstehe, wenn du mich deswegen verlässt.

Wir wissen beide, dass eine offene Beziehung nicht unser Stil ist. Ich meine, ich habe auch schon überlegt, ob ich mir ein polygames Modell vorstellen könnte. Ich will ja auch nicht, dass du für mich deine Bedürfnisse ändern musst. Ich... «

»Hey, stopp mal!«, sanft hob Theresa Kiras Gesicht, sodass sie sich ansehen konnten. »Schritt für Schritt. Wir schauen erst mal, wie es läuft. Ich weiß auch nicht, wie sehr ich Sex brauche oder nicht. Ich weiß nur, dass ich dich nicht verlieren will. Wir reden einfach miteinander und wenn ich mehr brauche, schauen wir welche Optionen wir haben. Für heute gibt es eigentlich nur eine Frage: Spiderman Homecoming oder Far from Home?«

Kira grinste und gab Theresa einen sanften Kuss auf die Wange.

»Wir schauen doch sowieso beide.«

Part 4

LIEBE OHNE GEGENTEIL

Manchmal

Manchmal
Denke ich an dich
Manchmal
ist immer

Jahre her

Ab einem Punkt war ihre Liebe
Keine Liebe mehr füreinander
Es war eine Liebe in die Idee voneinander
In das was in ihrer Erinnerung übrig geblieben war
Es war Liebe, aber nicht ihre

Liebe in eine Idee
Liebe in ein ›weißt du noch damals‹
Liebe in ein ›was wäre, wenn‹
Liebe gesponnen zwischen Tagträumen und Vermissen

Es war so viel Zeit vergangen
Dennoch hingen Gedanken
An dem anderen
Mit dem anderen

Ab einem Punkt war ihre Liebe
Keine Liebe mehr füreinander
Es war eine Liebe in die Idee voneinander
In das was in ihrer Erinnerung übrig geblieben war
Es war Liebe, aber nicht ihre

Mehr als genug Platz

»Ich schwöre bei Gott, Elias, manchmal machst du es unmöglich, dich zu lieben!«

Thuan konnte Riekes Stimme durch die Tür hören, wütend und aufgebracht, was für sie ungewöhnlich war. Sie war immer so zurechtgemacht. Als ob sie alles im Griff hätte. Sie war stilvoll und elegant, klug, schön und höflich. Sie war die perfekte Frau, die perfekte Freundin. Thuan fühlte sich immer noch peinlich berührt, wenn er daran dachte, dass er, als er Elias fast ein Jahr zuvor kennengelernt hatte, tatsächlich gedacht hatte, er könnte bei ihm eine Chance haben. Ein paar Tage später hatte er Rieke getroffen und es dämmerte ihm, dass Elias weit außerhalb seiner Liga war.

»Wow, fuck, es tut mir so leid, dass es so schwer ist, mit mir zusammen zu sein! Warum zum Teufel gehst du nicht einfach!?«

Thuan kannte sich noch nicht so gut in Leipzig aus, aber war sehr froh gewesen im Wohnheim in der Tarostraße nahe der Chemiefakultät einen Platz zu bekommen. Er war so nervös gewesen, seinen Mitbewohner kennenzulernen. Er hatte Angst gehabt, es würde ein hochnäsiges, kleines Genie sein, das sich über ihn lustig machen würde wegen seiner abgetragenen Kleidung, seinem kaputten Telefon und seinen gebrauchten Lehrbüchern.

»Du machst mir doch ständig Versprechungen und Hoffnungen und hältst dich nie daran!« Riekes Stimme brach leicht am Ende.

Elias war nicht so, wie Thuan es befürchtet hatte. Er kam auch nicht aus Leipzig, nicht mal aus Deutschland, aber schloss unfassbar schnell Freundschaften. Auch Thuan wurde offen begrüßt, schon beim ersten Gespräch zu einem Kaffee eingeladen und bekam eine Führung über den Campus.

Elias war groß gewachsen mit hellbraunen Augen und noch hellerem Haar, das er meistens nach hinten gekämmt trug. Am Ende des Tages war Thuan hilflos in ihn verliebt, er würde Lieder und Gedichte über Elias schreiben, wenn er irgendein Talent hätte. Leider hatte er das nicht.

»Dann geh doch, das ist sowieso alles, was du machst.«

Genau so verzweifelt, wie Thuan über seiner Übungsserie saß, hatte er damals gegrübelt, wie er Elias um ein Date bitten könnte. Er probte vor dem Spiegel, was er sagen sollte – *es war schrecklich*. Er wühlte durch seine Kleidung, um zu sehen, ob er etwas hatte, das schön genug war, um es zu einem Date zu tragen – *hatte er nicht*. Er ging sogar so weit, dass er versuchte, seine Locken an dem Tag zu bändigen, an dem er ihn um ein Date bitten wollte – *es war hoffnungslos*. Doch es war alles umsonst, denn als er an diesem Abend mit verschwitzten Handflächen und wackeligen Knien in ihre Wohnung zurückkam, fand er Elias vor, wie dieser für seine Freundin in der WG Küche kochte.

»Du wirst alleine enden, Elias, ich meine es ernst. Wenn du nicht lernst, andere an dich heranzulassen, wirst du einsam und verbittert sein, und das wird deine eigene verdammte schuld sein!«

Die Beziehung zwischen Elias und Rieke war perfekt. Beide waren schon auf der Schule zusammen gewesen und hatten sich extra in derselben Stadt beworben. Das Leben geplant für die nächsten 10 Jahre und sie waren auf dem besten Weg dies zu erreichen. Thuan wusste nicht mal, was er in den nächsten zehn Minuten machen würde. Würde er die Aufgabe noch probieren oder würde er aus seinem Fenster auf den Sportplatz hinter dem Wohnheim schauen und seinen Blick über die Südvorstadt und den Fockeberg schweifen lassen?

»Das ist Blödsinn und das weißt du, Rieke, das weißt du verdammt noch mal!«

Und trotzdem, wenn Rieke und Elias nicht zusammen waren, tat dieser so, als hätte Thuan eine Chance. Als ob etwas zwischen ihnen passieren könnte. Immer, wenn Rieke ihn abservierte – was im Laufe des Jahres mindestens dreimal passiert war, viermal, wenn er den aktuellen Streit mitzählte – verhielt sich Elias in Thuans Nähe anders.

Der jüngere Mann war sich nicht sicher, ob er sich das nur einbildete – *wahrscheinlich*. Elias war einfach anders. Elias nahm ihn überall mit, so als könnte er in diesen Momenten nicht allein sein. Fast immer könnte man das als Dates bezeichnen. Als nächstes war eine Bootstour auf dem Kanal geplant, nachdem sie ein junges Paar letzte Woche dabei gesehen hatten. Thuan beschwerte sich nicht, denn er genoss die Kochabende, die Filmabende. Ja er genoss auch sehr das Kuscheln mit Elias oder wenn dieser mal wieder an seiner Schulter einschlief. Es fühlte sich überhaupt nicht so an als wären sie beste Freunde. Es fühlte sich an als wäre da etwas zwischen ihnen, aber als würde immer etwas fehlen bis zum letzten Schritt. Es war wie ein sehr grausames, langwieriges Vorspiel, das nie zu etwas führte. Dann versöhnten sich Elias und Rieke und es war als wäre nie etwas passiert.

»Hab ein schönes Leben, Elias.« Thuan hob den Kopf als Riekes Stimme lauter wurde, sie die Tür öffnete und direkt an seiner offenen Zimmertür vorbeiging, ohne seine Anwesenheit zu bemerken. Er saß im Schneidersitz auf dem Boden, hatte seine Kopfhörer auf – obwohl nichts lief – und seinen Rucksack und ein paar Lehrbücher ruhten auf seinen Beinen. Er war gerade aus der Bibliothek zurückgekommen, ohne Erfolg, und wusste, dass er die Übungsserie nicht schon wieder nicht abgeben konnte. Elias kam wenige Minuten später aus seiner Tür und erblickte Thuan. Elias sah aus als hätte er einen Kampf mit einem Vogel in seinem dunklen dicken Haar gehabt.

»Wie viel davon hast du gehört?« fragte Elias und rieb sich die Stirn, und Thuan zuckte nur mit einem kleinen Lächeln.

»Wie viel hörst du, wenn ich nachts um drei laut Soundtracks mitsinge?« Nach einer kleinen Pause fragte er: »Geht es dir gut?« Elias zuckte mit den Schultern und ließ sich auf Thuans Bett nieder.

»Du siehst richtig fertig aus«, kommentierte Elias und Thuan wollte gerade etwas erwidern als sein Mitbewohner sagte: »Lass mich dich auf einen Drink einladen.«

Thuan sah lustlos auf sein Aufgabenblatt.

»Warum willst du eigentlich immer ausgehen, es ist nicht so als hätten wir auf Uwe den Alkoholvorrat, der uns durch eine Pandemie bringen könnte. Außerdem habe ich noch etwa«, Thuan schielte auf sein Handy, »eine Stunde, bis ich das Ganze hochladen muss.«

»Ich dachte immer unser Schrottplatzregal heißt Petra«, murmelte Elias. Thuan verdrehte die Augen.

Elias stand vom Bett auf, trat hinter Thuan und begann leicht dessen Schultern zu massieren. »Dann arbeitest du jetzt die eine Stunde und danach feiern wir deinen Lernerfolg und mein Singleleben«. Damit verließ Elias den Raum und Thuan bekam das ungute Gefühl, dass sich bekannte Muster wiederholen würden.

Zu Thuans Erleichterung – *und Enttäuschung* – hatte Elias andere Leute eingeladen sich ihnen anzuschließen. Es waren andere Studenten, die Thuan schon öfter bei sich in der WG gesehen hatte, aber sich nie ganz merken konnte, wer mit wem was zu tun hatte. Elias musste den anderen schon geschrieben haben, was passiert ist, denn diese begannen sofort Wetten darüber abzuschließen, wann Elias und Rieke wieder etwas miteinander anfangen würden. Elias rollte mit den Augen und schüttelte nachdrücklich den Kopf. Thuan war einfach nur froh Ablenkung von der Uni zu haben und über eine Aufgabe, die er mal tatsächlich gemacht hatte.

Elias erzählte, wie fertig er mit Rieke war, doch Thuan konnte sich nur darauf konzentrieren, wie nah sie saßen. Elias Arm war ein schweres, angenehmes Gewicht auf seinen Schultern, seine Seite war bündig mit Thuans, ihre Schenkel pressten sich aneinander, obwohl mehr als genug Platz war an ihrem Tisch in der Destille, dem Studentenclub der Chemie, damit sie weiter auseinander sitzen konnten. Wenn Thuan seinen Kopf leicht nach rechts drehte, waren seine Lippen nur Zentimeter von Elias Kiefer entfernt, der unverwechselbare Geruch seines Aftershaves würde ihn viel schneller betrunken machen als der Schnaps.

»Willst du auch noch eine Gisela, Thuan?«, fragte Elias.

»Ja, sicher.«

Er kippte den Rest seines Bieres hinunter, als Elias aufstand. Elias andere Freunde Peter, Robert und Kira waren in ein Gespräch vertieft. Er versuchte sich einzuklinken aber kam nicht ganz dazu. Elias kam wieder und zog ihn noch näher an sich heran. Er stellte neben zwei Shots ein weiteres Bier auf dem Tisch, welches sie sich teilen sollten.

»Wir sollten am Wochenende etwas Lustiges machen, nur wir beide«, sprach Elias dicht an seinem Ohr. Die Bar war voll und laut, es war eine gute Ausrede, um sich noch näher an ihn zu lehnen.

»Wie, was?« Elias drehte sich in seine Richtung, ihre Gesichter waren nur Zentimeter voneinander entfernt und machte keine Anstalten, sich zu entfernen. Thuan würde viel Material zum Nachdenken haben.

»Ich weiß nicht, wir könnten ins Kino gehen, die Feinkost macht wieder Open Air Veranstaltungen. Es ist auch sicher ein Poetry Slam irgendwo. Oder lass uns mal wieder feiern gehen, oder irgendwas essen. Oder irgendwas anderes«, Elias fragte, als ob die Laune seiner nächsten Tage von Thuans Antwort abhing.

»Klar, warum nicht.«

Elias strahlte, und seine Hand wanderte von Thuans Schulter in dessen Nacken und zwirbelte eine Locke hinter sein Ohr. Verdammte Scheiße. »Deine Haare sind lang geworden«, murmelte Elias, die Augen auf Thuans Haare gerichtet, ein kleines Lächeln spielte um seine Lippen.

»Ja, ich habe im Moment kein Geld, um sie schneiden zu lassen, aber wenn ich im Sommer nach Hause fahre, wird meine Tante es tun.«

»Irgendwie gefällt mir das, es steht dir«, sagte er und legte seine Hand wieder auf Thuans Schulter. Bildete er sich diese Untertöne ein oder nicht. Vielleicht. Aber vielleicht würde er mal endlich was dagegen unternehmen. Was sollte schon Schlimmes passieren.

Das erste Mal, als er mit Elias in seinem Bett kuschelte, sein Duft ihn einhüllte, seine Wärme durch seine Kleidung sickerte und sich auf Thuans zitternde Haut übertrug, wusste er, dass er ein Problem hatte. Er konnte nicht aufhören daran zu denken, wie viel besser er sein könnte.

Elias schien es allerdings nicht zu bemerken, egal wie oft sie noch in den Armen des anderen lagen. So wie in diesem Moment, als er im Gras im Friedenspark lag, mit ausgebreiteten Armen und Beinen wie ein Seestern, mit Thuans Kopf auf seiner Schulter und einer zaghaften Hand auf seinem Bauch. Elias Haut glitzerte moccafarben in der Abendsonne. Thuan konnte kaum atmen, aber Elias war entspannt, friedlich, betrachtete später mit ihm die Sterne und erzählte ihm Fakten über das Universum – das meiste davon wusste er bereits, aber es war schön, es von Elias Lippen zu hören.

»Worüber denkst du nach?« Elias unterbrach seine eigene Tirade über das Chandrasekhar-Limit, als er bemerkte, dass sein Mitbewohner nicht aufpasste. Thuan errötete, sah aber zu Elias auf, der ihn mit einem kleinen Lächeln anstarrte. »Langweile ich dich etwa?«

»Nein, tut mir leid, ich denke nur an zu Hause. Ist es verrückt, dass ich es vermisse auf einem sächsischen Dorf zu sein? Oder dass ich es vermisse, wie mich meine Mutter auf Vietnamesisch beschimpft und ich nur die Hälfte verstehe?« Er vermisste neben Leipzig nicht direkt das Dorf, aber er vermisste seine Schwestern. Vielleicht würden seine Freunde von damals ja auch gerade nach Hause nach Belgern fahren.

»Fährst du den Sommer über nach Hause?« Thuan fand schnell heraus, dass Elias es hasste, zu Hause zu sein. Er sprach nie darüber, sprach nie über seinen Vater und selten über seine Mutter. Obwohl es immer nette Dinge über sie waren, wenn er es tat, aber es war leicht zu verstehen, dass es kein Thema war, mit dem er sich wohlfühlte.

»Ich habe keine große Wahl.« Er zuckte mit den Schultern und schaute wieder in den Himmel. »Meine Mutter hat angerufen, ich kann nicht Nein zu ihr sagen.« Er schloss die Augen und seufzte, und Thuan fühlte sich schlecht, weil er es erwähnt hatte.

»Du kannst auch mit nach Bischofswerda kommen, wann immer du willst. Meine Mutter würde wahrscheinlich anfangen zu tanzen, wenn ich mal jemanden mitbringen würde. Mein Bett ist allerdings sehr klein, also werden wir zusammen kuscheln müssen, ich hoffe, es macht dir nichts aus«, sagte er spielerisch, und Elias sah grinsend zu ihm hinunter

»Wir würden das schon hinkriegen.« Er schlang seine Arme um Thuan und zog ihn näher heran, und erst da merkte er, dass er fror. Er steckte seine kalte Nase in Elias warmen Nacken, und der zuckte nicht einmal mit der Wimper. »Hey, weißt du was, ich fahre zurück nach Prag, und setze dich in deinem Bischofsdorf ab, wir könnten einen Roadtrip daraus machen.«

»Von Leipzig nach Prag über Bischofswerda?« Thuan lächelte vergnügt und sah wieder zu Elias auf, welcher ihn mit einem Stirnrunzeln ansah. Regelmäßig vergaß Thuan wo Elias herkam.

»Ja, was ist damit?« Elias schnaubte entrüstet und Thuan kicherte und schüttelte den Kopf.

»Das ist nicht gerade ein Roadtrip«, argumentierte Thuan, aber Elias zuckte nur mit den Schultern.

»Wir fahren mit dem Auto durch verschiedene Städte, ich nenne das Roadtrip. Wenn du Lust hast ein paar Tage mit nach Prag zu kommen wäre es sicher nicht so furchtbar.«

»Lass es uns tun«, Thuan flüsterte in Elias Nacken, verkniff sich den Kommentar, dass Elias wirklich zu sehr von Hollywood Roadtrip Vorstellungen geblendet war, und spürte, wie dieser den Griff um seine Taille fester machte.

»Cool«, kommentierte Elias. Thuan wollte etwas sagen oder tun – irgendetwas. Aber gleichzeitig hatte er auch Angst. Eine schlechte Beziehung in einer Zweier-WG war nicht gerade das, was er sich wünschte. Elias drückte einen Kuss auf Thuans Augenlider und ließ kalte Finger sanft über Thuans Hüftknochen streichen. »Das waren doch Zeichen, dass Elias ihn wollte«, dachte Thuan. Er versuchte seinen Mut zusammen zu nehmen und beschloss Elias endlich zu küssen als dieser sich von ihm wegbewegte. »Komm schon, wir sollten zurückgehen, es ist schon spät.«

Drei Wochen waren seit Elias Streit mit Rieke vergangen, und Thuan war sich ziemlich sicher, dass das die längste Zeit war, in der sie nicht miteinander gesprochen hatten, zumindest, seit er sie kennengelernt hatte. Eigentlich war es immer maximal eine Woche gewesen, ehe Thuan tatsächlich mal seine Zimmertür schließen und Musik anmachen musste. Diesmal schien es anders zu sein und Thuan verachtete das Gefühl in seinem Magen. Sie machten fast jeden Tag etwas miteinander. Thuan merkte, dass er sich besser konzentrieren konnte, wenn Elias aufpasste das er auch wirklich etwas für sein Studium tat. Elias merkte, dass er gesünder aß, seit sie zusammen kochten.

Also traf er eine Entscheidung. Am Samstag feierte Kira mit ihrer Freundin Theresa eine WG-Party. Das wäre die perfekte Gelegenheit, um etwas – irgendetwas – zu unternehmen. Er ging sogar mit Mila einkaufen, damit er etwas hatte in dem er unwiderstehlich aussah, oder so. Er würde ein paar Kurze trinken und einfach flirten. Und er würde den letzten Schritt machen, wenn Elias es nicht tat.

Als der Samstag kam, erfand er eine Ausrede wegen eines Referats, das er fertig machen musste, und sagte Elias, er solle ohne ihn gehen, er würde ihn auf der Party treffen. Er war nur Millimeter davon entfernt die ganze Sache abzublasen und wirklich sein Referat zu machen. Er nahm eine lange Dusche, wusch sich die Haare mit dem am besten riechenden Shampoo, das er in der Drogerie finden konnte, bändigte seine Locken mit so viel Haarprodukt, dass sie tatsächlich an Ort und Stelle blieben, wenn er sie zur Seite bürstete, und zog sich an.

»Du schaffst das, komm schon. Du schaffst das«, sprach er zu sich selbst im Spiegel und fühlte sich Sekunden danach erbärmlich.

Als er ankam musste er nicht klingeln, denn die Tür des Altbaus ließ sich aufdrücken und er musste nur der lauten Musik bis zur WG folgen. Unten saßen schon ein paar Menschen auf der Straße. Es war sehr laut und sehr voll, als er hereinkam, und während er sich seinen Weg durch die Menschenmassen bahnte, hielt er immer wieder Ausschau nach einem bekannten Gesicht. Kira sah ihn als erstes und machte ihm über die laute Musik hinweg Komplimente. Er grinste und nahm ein Glas entgegen, das sie ihm reichte.

Er kippte den Inhalt des Bechers hinunter, und es schmeckte scheußlich. Er hatte keine Ahnung, was er gerade getrunken hatte, aber es war Alkohol, und er würde zumindest ein bisschen beschwipst sein müssen, wenn er seinen Plan durchziehen wollte. Nicht die klügste Entscheidung zugegebenermaßen.

»Hast du Elias gesehen?« rief er ihr zurück und sah sich im Zimmer um.

»Er ist hinten auf dem Küchenbalkon.«

Sie schob ihn in die allgemeine Richtung und grinste als wüsste sie, was sein Plan war. So viel wie er schwitzte dachte er eher, dass andere ihn vielleicht nach Hause schicken wollten, da er sich so krank aussehend fühlte. Er machte einen kleinen Umweg und hielt in der Küche an, ohne rauszugehen, um sich ein Bier zu holen, und dann noch eins. Er konnte Elias lachen hören.

Als er hinaustrat, war es nicht so laut, aber er konnte immer noch die Musik hören, die überall in den verschiedenen Räumen spielte. Die Leute unterhielten sich laut und lachten, ein Joint ging rum und eine Lichterkette mit kleinen bunten Bällen erhellte den Balkon.

»Hey! Hier drüben!« Er hörte Peters dröhnende Stimme, die von links kam, und als er sich umdrehte, sah er ein paar Leute in einem Kreis auf umgedrehten Bierkästen sitzen. Darunter waren mehrere Freunde von Elias, die schon in der Destille mit dabei gewesen waren, und Elias der an das Geländer nach hinten gelehnt in den Innenhof starrte. Thuan winkte leicht und ärgerte sich sofort, dass er das getan hatte.

»Hey, bist du gerade erst gekommen?« Robert lächelte und bot ihm eine weitere Tasse an, gefüllt mit etwas, das Thuan nicht erkennen konnte. Er nahm sie trotzdem an.

»Ja, ich war dabei, ein Referat zu beenden, ich habe nur...«

»Thuan?« Thuan richtete seinen Blick auf Elias, der seinen Blick vom Innenhof abgewandt hatte und nun Thuan intensiv ansah. Er starrte Thuan an, als würde er ihn zum ersten Mal überhaupt sehen, und der Angestarrte, der sich ein wenig beschwipst fühlte, versuchte sich zumindest gerade hinzusetzen.

»Hey, Elias«, sagte Thuan etwas schüchtern und sah Elias unter seinen Wimpern hervor an. Er hatte irgendwo im Internet gelesen, das sei eine gute Flirttechnik. Mit großer Sicherheit sah er komplett bescheuert aus.

Er rutschte auf seinem Bierkasten nur ein kleines Stück zur Seite und tippte mit seiner Hand auf die freie Fläche. Es erinnerte Thuan zu sehr an das Kindergartenspiel ›Mein rechter, rechter Platz ist frei‹. Er trat in den Kreis, stolperte fast, und zwang sich in den kleinen Platz neben Elias.

Also eigentlich saß Thuan eher auf Elias Schoß. Als er Elias fragte, ob das okay sei, antwortete dieser nur, dass er sich nichts Besseres vorstellen konnte. Thuan war sich nicht sicher ob dies Sarkasmus war oder nicht aber wollte auch nicht unbedingt nachfragen.

»Nehmt euch ein Zimmer, ihr zwei.« Thuan registrierte vage Peters Stimme, beachtete ihn aber nicht einmal. Elias hingegen machte eine abwertende Handbewegung, aber seine Augen verließen Thuan nicht.

»Lutsch einen Schwanz!«, rief er über Thuans Schulter, bevor er einen Arm um seine Taille schlang.

»Ich dachte, du würdest nicht mehr kommen« sagte er, während er Thuan zwang seine Muskeln zu entspannen und sich mehr und mehr gegen Elias lehnte.

»Tut mir leid, ich musste das Referat wirklich fertig machen.« Elias musste nicht wissen, dass er fast zwei Stunden damit verbracht hatte zu duschen und sich zu rasieren, dann eine ganze weitere Stunde damit, sich die Haare zu machen und sich anzuziehen und sein Outfit und generell sich zu überdenken. »Hast du mich vermisst?«, fragte er übertrieben und schlug sich schwach auf die Brust, und Elias ergriff theatralisch seine Hand und hielt sie an sein Herz.

»Immer.« Er grinste und kam mit seinem Gesicht näher heran. Thuan machte sich auf etwas gefasst – irgendetwas – aber Elias saß einfach nur da, viel zu verdammt nah, um lässig zu sein. »Mir gefällt, was du mit deinem Haar gemacht hast, aber ich vermisse die Locken. Dieses Zurückgegelte sieht etwas aus wie bei Matrix.«

Thuan ließ Elias gerade so ausreden, ehe er sich nach vorne lehnte und Elias küsste. Er traf gerade so Elias Lippen und sein Herz schlug so laut in seinen Ohren das er kurz vergaß, dass er auch seine Lippen bewegen sollte. Thuan konnte nur hoffen, dass er nichts falsch interpretiert hatte und Elias ihn nicht abweisen würde. Denn für Thuan war sein erster Kuss – großartig.

Immer da

Ich trage dich mit mir rum
Auf der Innenseite meiner Lider
Ich trage dich mit mir rum
In meinen Erinnerungen
Ich trage dich mit mir rum
Mit jedem Schluck, den ich trinke
Ich trage dich mit mir rum
Weil du mir gezeigt hast
Wer ich sein könnte
Wer ich sein kann
Du hast mir gezeigt, dass ich nicht so schlimm bin, wie ich denke
Du hast mir gezeigt ich sollte nicht selbstsüchtig sein
Wie selbstsüchtig müsste ich dann sein
Dich zu fragen, ob ich dich an meiner Seite haben kann

Eifersucht

Ein Gift spukt in meinem Körper
Eine Hand mit langen Klauen
Sie kratzt an allem was ich bin
Kratzt am Herzen
Und in meinem Bauch
Kratzt im Hals
Im Kopf auch
In meinem Kopf zertrennt sie alle Gehirnwindungen
Alle Bindungen
Zieht sie auseinander und zerschneidet sie
Denn obwohl ich weiß, dass du mich liebst
Sehe ich nur sie und dich
Und frag mich was sie dir gibt

Gefühle jagen mit Schmetterlingsnetzen

Fang mir das Gefühl ein
Von Küssen im Nacken
Gehaucht und doch stets da
Von Kaffeedates
Mit dir und mir
Die Münder an Tasse
Und Lippen sehr nah

Fang mir das Gefühl ein
Von einer Autofahrt nach Mitternacht
Orange von Lampen
Freiheit von Innen
Auf der Straße mit dir
Ohne Ziel
Doch Küsse im Nacken
Lassen Zeit verrinnen

Fang mir das Gefühl ein
Und halt daran gut fest
Sodass an schlechten Tagen
Du es in mich strömen lässt
Denn auch mit verquollenen Augen
Küss ich deine Lippen gern
Der Mund voll Kaffee
Das Ziel ganz fern

Part 5

VOM VERSCHMELZEN MIT SICH SELBST UND ANDEREN

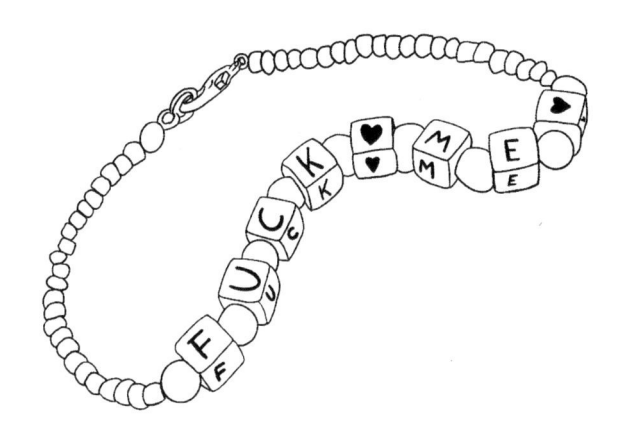

Es geht um Sex. Nur so.

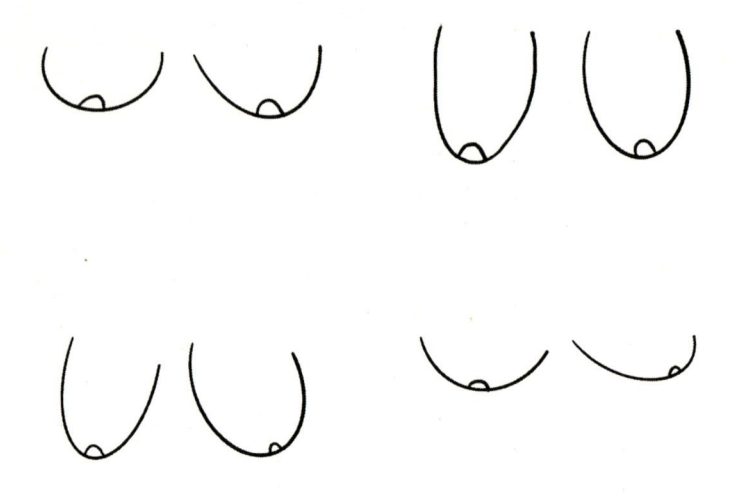

So fragen sich viele
Ob es ihn gibt
Man hört über ihn
Doch weiß man wenig
Nur Erzählungen
Von Bekannten von Bekannten von Bekannten
Oder Schriften unbekannter Herkunft
Doch ich glaube
Denn ich weiß
Glaubst du auch?

Nippelorgasmus

Der heilige Phallus

Überall nur ergebnisorientiertes ficken
Auf der Suche nach dem O
Soll bitte der Penis kicken
Eine Frau und noch eine Frau – verrückt
Das kann man sich gar nicht vorstellen
Weltlich komplett entrückt
Lust ist männlich
Auf ihn zentriert
Nur der Penis kann Sex haben
Eine ganze Welt fixiert
Aufs Schwänze lutschen und nach unten treten

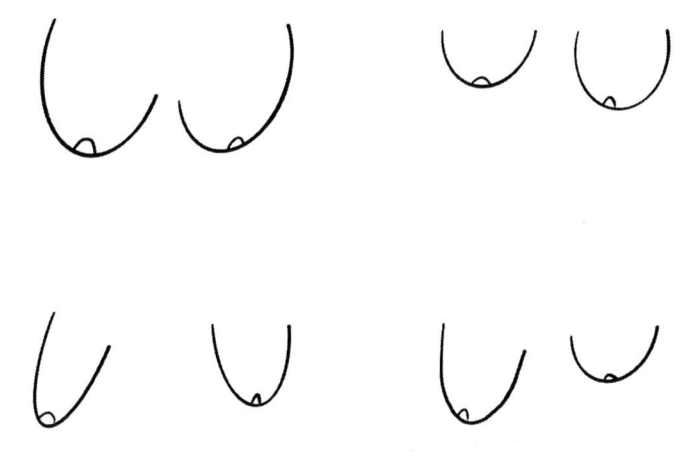

Geschichte einer Dusche in Eutritzsch

Montag, 07:35 - 8:06 Uhr

Mein Mensch betritt das Bad. Es ist nicht mein Mensch. Aber der Verständlichkeit halber werde ich ihn ›mein Mensch‹ nennen. Außerdem ist es meine Redezeit, nachdem der Kühlschrank letzte Woche so unendlich viel zu jammern hatte, was alles in ihm ausgelaufen ist und in welcher Ecke es gerade schimmelt. Von Schimmel und ausgelaufenen Dingen möchte ich gar nicht erst anfangen.

Mein Mensch reibt sich die Augen mit tiefen Augenringen, wirft einen kurzen Blick in den Spiegel und setzt sich dann auf die Toilette. Die lockigen Haare sind in den letzten Monaten länger geworden und ich hoffe, dass er sich heute die Haare wäscht. Andererseits hoffe ich auch, dass er den Abfluss danach reinigt. Beim Putzen seiner Zähne mit einem Stück Plastik sieht er sich kein einziges Mal im Spiegel in die Augen. Er sieht sich generell selten in die Augen. Mein Mensch steigt mit seinen Füßen zuerst in mich hinein. Er braucht einen Moment, um die perfekte Wassertemperatur einzustellen. Erst ist es zu kalt, dann zu warm und dann irgendwie okay, aber doch nicht ganz perfekt. Mein Mensch hat sehr viele Haare. Mein vorheriger Mensch hatte zwar auch lange Haare aber nicht diese extra Haut und Fleisch zwischen den Beinen und hatte die meiste Zeit in mir damit verbracht, die hellen fast unsichtbaren Haare von seinen Beinen zu entfernen. Mein jetziger Mensch hat Haare am Rücken und am Bauch. Haare an den Beinen, dunkel und wirr. Sehr dunkle Locken bis zu seinen breiten Schultern. Haare sind auch in seinem Gesicht, um seine schmalen Lippen herum und verstecken die sehr markante Kieferpartie. Haare sind an seinen Armen und in der Mitte seines Körpers bis an den Ansatz seiner Extrapartie. Er wäscht sich mit einem herb riechenden Duschgel und benutze für seine Haare eine kompliziert aussehende über-den-Kopf-schüttel-Methode mit einem Conditioner und kaltem Wasser. Mein Mensch verweilt noch länger unter dem mittelheißen Wasserstrahl und lässt sich durch diesen die Schultern massieren. Er tritt aus mir heraus und sieht im Abtrocknen mit dem blau gefärbten Handtuch aus Versehen kurz in den Spiegel und beginnt zu weinen noch ehe er das Bad verlässt.

Montag, 17:37 - 17:45 Uhr

Mein Mensch betritt das Bad und entkleidet sich vollständig. Es scheint sein natürlicher Zustand in der Wohnung allein zu sein. Mein vorheriger Mensch hatte nicht mal kurze Hosen in der Wohnung getragen und immer prüfend am Gewebe seines Bauches und seiner Beine herumgezupft. Mein Mensch verrichtet sein Geschäft und verlässt mich schnellstmöglich. Hände werden nicht gewaschen.

Montag, 23:22 - 23:31 Uhr

Mein Mensch stolpert in das Badezimmer und hält sich am Waschbecken fest, bis seine Knöchel weiß werden. Er schaut sich immer noch nicht in die Augen, aber hat ein Grinsen in die leere Luft gerichtet. Die Tür zum einzigen Zimmer steht offen und niemand anderes scheint da zu sein. Nur ein paar Flaschen, die sich leer neben der Couch befinden und von denen schon zwei umgefallen und weggerollt sind. Er manövriert sich nur mit Mühe auf die Toilette und summt dabei die Melodie von Final Countdown. Dann spricht er mit sich selbst über nicht geschaffte Abgaben und dass er es nicht verdient hätte, dass ihn jemand namens Daniel versetzt. Die Klamotten, die er am Vorabend ausgezogen hatte, liegen immer noch auf dem Boden. Nun gesellt sich zu ihnen eine leere Toilettenpapierrolle, die einer vollen weichen musste. Mein Mensch verlässt stolpernd das Bad.

Dienstag, 07:48 - 08.09 Uhr

Mein Mensch betritt fluchend das Bad und hält sich mit einer Hand den Kopf. Er kramt in dem Kabinett hinter dem Spiegel nach der Packung Ibuprofen und poppt sich eine weiße Pille aus dem Blister. Sie fällt herunter und landet in dem Berg aus Klamotten und unter Stöhnen bückt sich mein Mensch und fischt sie heraus, um sie danach mit Wasser seine Kehle hinunterzuspülen. Mein Mensch bückt sich erneut, um die Unterhose vom Boden aufzuheben, daran zu riechen und sie erneut fallen zu lassen. Er putzt sich abwesend mit einer Zahnbürste die Zähne und wirft Blicke auf sein leuchtendes Display und verdreht die Augen. Dort ist eine misslungene Konversation abgebildet mit einem (wahrscheinlich) anderen Menschen.

Mein Mensch, Montag 18:34
Wann kommst du heute vorbei?

Anderer Mensch, Montag 18:41
Huh, gar nicht?

Mein Mensch, Montag 18:42
Ich hatte uns doch Essen gekocht? Zu unserem Date? Das wir gestern ausgemacht haben?

Anderer Mensch, Montag 18:55
Ach das war diesen Montag? Ich dachte nächste Woche, lol.
Anderer Mensch, Montag 18:56
*Tut mir mega leid. Bin jetzt aber auch schon mit Sebastian verabredet und der wird mich fast die ganze Nacht einnehmen ^^*

Mein Mensch, Montag 19:02
Na dann viel Spaß

Mein Mensch geht nach dem Toilettengang aus dem Bad und zieht die Mundwinkel nach unten.

Dienstag, 20.01 - 20.09 Uhr

Mein Mensch hat beim Betreten des Bades rot geriebene Augen. Er schnieft, während er die Toilette benutzt. Seine Haare sind zu einem Zopf zusammengebunden. Mit einem Gummi, das jede Sekunde reißen könnte. Die Augenringe haben sich vertieft, der Blick bleibt gequält. Mein Mensch ist später zu Hause als sonst. Das wurde mir auch schon aus der Küche bestätigt. Er verlässt das Bad mit mehr Klamotten auf dem Boden als vorher.

Mittwoch, 17:50 - 18.20 Uhr

Mein Mensch war seit gestern Abend nicht mehr im Bad. Er scheint noch mal losgegangen zu sein und ist die ganze Nacht lang nicht zurückgekehrt. Jetzt schiebt er die Klamotten auf dem Boden mit einem Fuß zusammen zu einem Haufen und entkleidet sich dann, um in mich zu steigen. Während des Einseifens wandert seine Hand über seine Brust und seinen Bauch zu seinem Po und zieht zwischen den Backen ein schwarzes, kegelförmiges Objekt aus Silikon aus sich heraus. Er stöhnt dabei vornübergebeugt und lässt seine Hand noch kurz da verweilen. In meinem Wasserstrahl säubert er das Objekt und legt es danach zu seinem Conditioner, ehe er sich seine Haare in seiner anstrengenden Routine wäscht.

Er steigt aus mir heraus auf eine kleine Fußmatte und rubbelt sich mit einem kleinen grauen Handtuch erst durch die Haare und dann schlingt er es um seine Körpermitte. Mein Mensch senkt den Klodeckel und dann sich selbst darauf.

Dann nimmt er das leuchtende Display von der Ablage neben dem Silikonkegel und der Bildschirm leuchtet in einem Orange auf, mit den Worten ›Grindr‹, und einem Abbild einer Maske. Dort scheinen nur Bilder von Menschen zu sein mit zusätzlichen Applikationen zwischen den Beinen. Mein Mensch klickt sich durch Mosaike von anderen Menschen und sortiert ›unbeschnittene‹ – *so stand es in der Auflistung* – Menschen augenscheinlich aus. Was auch immer das bedeuten mochte. Er schrieb mit anderen Menschen, meist kurze, grammatikalisch unperfekte Sätze und schien sich für morgen und übermorgen mit anderen Menschen zu verabreden. Allerdings immer mit einer Anmerkung über einen gewissen Auftritt.

Danach öffnet sich etwas anderes auf dem leuchtenden Display und zwei Menschen tauchen auf, welche sich ineinander verschlungen aneinander reiben und dabei Schreie von sich geben. Mein Mensch lässt seine Hand gleiten und umschließt sich selbst mit einem festen Griff. Die beiden Menschen auf dem Display lösen sich voneinander und einer geht vor dem anderen auf seine Knie und nimmt einen Teil des anderen in seinen Mund. Er scheint sowohl zu saugen als auch seine Zunge einzusetzen. Mein Mensch beginnt seine Hand an sich selbst zu bewegen und ähnliche Geräusche wie beide Personen auf dem Display zu machen. Er beschäftigt sich

vor allem mit dem vorderen Teil seines Stücks und lässt den Daumen mehrmals über die Spitze wandern. Er wird immer schneller in seinen Bewegungen und auch die Menschen auf dem Display haben sich abgewechselt.
Aus meinem Menschen kommt urplötzlich eine weiße, klebrige Flüssigkeit und läuft ihm in breiten Streifen über die Hand. Er seufzt lange und ausgiebig und das Display wird durch einen Knopf an der Seite schwarz. Mein Mensch beugt sich nach vorne über und atmet tief. Als er sich aufrichtet, greift er nach dem Klopapier und entfernt die Flüssigkeit von sich. Die nassen Tücher wirft er in den kleinen Mülleimer neben sich und steht mit etwas wackeligen Beinen auf. »Du bist so erbärmlich«, flüstert er in mich, doch wahrscheinlich eher in sich selbst hinein und verlässt das Bad.

Mittwoch, 23:40-23:47 Uhr

Mein Mensch hat erneut ein leeres, für die Luft bestimmtes Lächeln, das nicht komplett in seinen Augen ankam. Er greift mit weißen Knöcheln das Waschbecken. Sein Blick richtet sich langsam auf. Erst auf sein Kinn fokussiert, dann auf seine Nase und dann auf seine Augen. Er starrt sich an. Er lässt sich nicht aus den Augen als er die Zahnbürste nimmt und seine Zähne putzt und wendet sich erst ab, als er ausspuckt. Dann geht er auf Toilette, greift nach dem Display, aber lässt seine Hand sinken und geht aus dem Bad.

Donnerstag, 07:50 - 08:13 Uhr

Mein Mensch betritt das Bad. Mechanisch putzt er sich die Zähne, geht auf Toilette und nimmt hinter dem Spiegel aus dem Kabinett die Schmerztabletten hervor. Er klaubt die Klamotten vom Boden samt Papprolle und steckt sie zumindest in die Waschmaschine, ohne sie anzustellen. Danach überprüft er auf seinem Display in der orangen Anwendung, ob die Verabredungen noch stehen. Außerdem schaut mein Mensch auch auf andere Profile. Ich verstehe allerdings nicht was ›no fats, no asians‹ in Profilbeschreibungen bedeuten soll. Als er aufsieht, merkt mein Mensch wie spät es geworden war und riecht unter seinen Armen. Er verzieht schnell das Gesicht und verlässt stöhnend das Bad. Er gibt mir nicht mal einen letzten Blick.

Donnerstag, 17:52-18:00 Uhr

Mein Mensch stürmt ins Badezimmer. Er verliert fast drei Mal die Balance beim Entledigen seiner Socken und zieht sich schnellstmöglich aus. Die Klamotten stopft er gleich in die Waschmaschine, ebenfalls ohne diese anzustellen. Durch die offene Tür sehe ich, genau wie mein Mensch, den furchtbaren Zustand der Wohnung. Die Couch wirkt definitiv nicht glücklich, der Teppich wirkt zerzaust und der Boden ist belastet. Er schüttelt den Kopf und steigt in mich. Ich versuche ihm zu helfen indem ich zwar nicht die perfekte, aber aushaltbare Temperatur vom letzten Duschen am Anfang der Woche einstelle. Er scheint es kaum zu bemerken, so hektisch wie er das Duschgel herauspresst und sich damit einseift. Seine Haare werden nass, durch abprallende Tropfen, aber er wäscht sie nicht.

Mein Mensch nimmt den Bereich um seine extra Applikation und unter den Armen sehr ernst. Auch sein Po wird eingehend gesäubert, aber die Beine und Füße werden nicht beachtet. Mein Mensch ist noch dabei den Schaum von sich zu spülen, als es an der Tür klingelt. Er flucht. Griff nach dem Handtuch auf dem Toilettendeckel, wobei er fast ausrutscht, sich aber noch an meiner Halterung fangen kann. Mit dem Handtuch reibt er erst kräftig, aber da es bei seiner Körpergröße nichts bringt, bindet er es sich nur um und verlässt tropfend das Bad.

Donnerstag, 18:02 - 18:41 Uhr

Mein Mensch ist zum einen nicht allein, zum anderen auch nicht im Bad. Allerdings steht die Badtür offen und Stimmen dringen aus dem Wohnzimmer hinein. Mein Mensch hat einen anderen Menschen dabei. Dieser ist etwas kleiner. Beide sehen sich an, als ob sie sich nicht sicher sind was gleich passieren würde.

»Hatte das mit dem Duschen nicht so ganz eingeplant«, sagt mein Mensch und ließ eine Pause.

»Wir können auch zusammen duschen. Hab's zumindest noch nie in einer Dusche gemacht.«

»Okay. Ich auch noch nicht, wird nur recht eng.«

Mein Mensch läuft direkt auf mich zu und betritt als erster das Bad. Dort stehen beide Menschen weiter und sehen sich tief in die Augen. Mein Mensch streicht sich durch die schulterlangen lockigen Haare, lächelt verlegen und öffnet den Handtuchknoten an seiner Hüfte. Der andere Mensch betrachtet meinen Menschen eingehend, während auch er sich seiner Klamotten entledigt. Ein T-Shirt berühre den Boden zwischen ihren Füßen und eine Hose. Eine Unterhose gibt es nicht. Der andere Mensch tritt einen Schritt auf meinen Menschen zu und stoppt Zentimeter vor seinem Gesicht. Sie lächeln sich an. Dann tritt der andere Mensch einen weiteren Schritt, eher einen halben Schritt, auf meinen Menschen zu und sie pressen ihre Köpfe auf Höhe ihrer Münder aneinander. In meiner Existenz habe ich schon mehrmals Menschen dies tun sehen. Die Küchenmöbel hatten mir mal erklärt, wie

Menschen aßen, und da ich wusste, wie hygienisch Menschen waren, verwunderte mich dieses Verhalten schon etwas.

Ihre Münder interagieren miteinander und auch ihre Zungen schienen einen Platz darin zu haben. Mein Mensch steht mit dem Rücken zu mir und läuft mit verschlossenen Augen – immer noch mit dem anderen Menschen verbunden – in mich hinein. Sie stoßen gegen meine Wände. Sie pressen sich gegen meine Wände. Sie wechseln die Position und mein Mensch stellt sich hinter den anderen Menschen. Er küsst dessen Hals und hinterlässt dunkle Spuren auf seinem Weg. Er küsst sich über den weniger beharrten Rücken des anderen Menschen hinunter, bis mein Mensch zu seinem Po kommt. Er zieht die Wölbungen des anderen Menschen auseinander und vergräbt seinen Kopf dazwischen. Er nutzt seine Zunge, um – wie vorher im Gesicht des anderen Menschen – diese weitere Öffnung zu liebkosen. Der andere Mensch stöhnt in meine Fugen und murmelt unverständliche Wörter wie »fuck« und »mehr«. Mein Mensch nutzt sein ganzes Gesicht und greift mit einer Hand zu den ballförmigen Applikationen zwischen den Beinen des anderen Menschen. Diese sind komplett haarlos, anders als bei meinem Menschen, und der andere Mensch gibt laute Geräusche von sich, welche in meinem Inneren nachhallen. Er kommt durch eine unbewusste Bewegung an meinen Schlauch und meine Brause fällt klirrend auf meinen Boden hernieder.

»Wenn du dich nicht kontrollieren kannst, sollte ich dir wohl Manieren beibringen«, murmelt mein Mensch gegen das Loch des anderen Menschen. Er presst einen sanften Kuss gegen dieses und steht in mir auf. Mein Mensch tritt aus mir heraus, greift in den Badschrank, wobei ein Stück Seife herunterfiel, und holt aus diesem ein viereckiges Päckchen und eine Flasche, auf der Gleitgel steht, hervor. Er tritt wieder in mich hinein und verstaut das Päckchen in der Duschablage und presst eine Menge von dem Gleitgel in seine Handfläche.

Er beginnt die zähflüssige Masse mit seiner rechten Hand um sein Loch zu verteilen, während er die andere Hand in die Haare des anderen Menschen vergräbt. Die Knöchel meines Menschen werden weiß und der andere bittet ihn nicht so fest zu ziehen. Mein Mensch nutzt den Moment und gleitet behutsam mit seinem benetzten Zeigefinger in das Loch des anderen hinein. Dieser verkrampft die Muskeln und beißt sich auf die Unterlippe. Mein Mensch stoppt und wartet einen Moment, ehe er den Finger vorsichtig bewegt. Es folgt ein zweiter und ein dritter Finger. Es sind nasse, schlürfende Geräusche zu vernehmen und mein Mensch ist laut Aussagen des anderen Menschen ›genau da‹ richtig.

Mein Mensch bittet den anderen Menschen ›das Kondom‹ zu öffnen, da dessen Hände klebrig sind. Der andere Mensch zieht meinem Menschen über das aufrechte Körperstück in der Mitte seines Körpers einen Gegenstand aus dem viereckigen Päckchen und verwickelt meinen Menschen erneut in einen ausgiebigen Kuss. Danach dreht sich der andere Mensch wieder gegen meine Fliesen und streckt seinen Po noch weiter heraus. Mein Mensch benetzt erst wieder seine Hand und dann sich selbst, ehe er sich hinter dem anderen Menschen platziert. Er gräbt seine Hände in die Backen des anderen.

»Ist alles noch okay? Darf ich?«

»Ja, fuck ja.«, sagt der andere und reibt seinen Po an meinem Menschen. Mein Mensch nickt zu sich selbst und stößt langsam nach vorne. Ein Teil seines Körpers versinkt in dem Körper des anderen. Danach ist es ein Akt aus gemeinsamen Bewegungen, bei welcher mein Mensch Hände auf Hüften hat und sich selbst immer tiefer in dem anderen Menschen versenkt und zurückzieht. Mein Mensch und der andere Mensch versuchen sich an mir festzukrallen und finden wenig Halt. Es fiel ein Satz darüber, dass sich der Penis meines Menschen gut in dem anderen Menschen anfühlte. Ich schien nun ein Wort zu haben, für das zusätzliche Körperteil, welches mein vorheriger Mensch nicht hatte. Meine glatten Oberflächen halten sie nicht davon ab sich weiter zu bewegen. Mein Mensch fasst um den anderen Menschen herum und reibt an dessen Körper Mitte auf und ab. Es gibt keine wirkliche Unterhaltung, nur eine Pause meines Menschen und ein langes Stöhnen, während sein Körper zu zittern beginnt. Er fällt nach vorne an den Rücken des anderen. Seine Hand bewegt sich an dem anderen Menschen schneller. Auch dieser beginnt zu zittern und ich kann beobachten wie aus seiner Mitte eine weiße Flüssigkeit herausspritzt und gegen mich prallt. Beide Menschen atmen gegeneinander und mich, ehe sie sich schwer voneinander lösen und vorsichtig drehen. Sie sehen sich an. Der andere Mensch hebt die Brause auf und hängt sie in die Vorrichtung ein und mein Mensch dreht die Wasserzufuhr auf. Sie seifen sich gegenseitig ein. Meine Strahlen prasseln auf sie herab, waschen Erinnerungen von eben weg. Alles außer die Markierung des fremden Menschen auf mir. Handtücher werden aus einem Schrank geholt. Kleine Tropfen auf dem Boden markieren den Weg wie eine Schatzkarte. Körper eingewickelt und abgerubbelt. Die Menschen verlassen das Badezimmer – dachte ich. Auf der Badschwelle dreht sich der andere Mensch um, schließt die Tür und geht auf die Toilette. Mit seinem wohl sogenannten Penis steht er und versucht in die Toilette zu treffen. Mehr schlecht als irgendwas anderes. Erscheint mir nicht sehr effektiv. Wenn die Toilette genauso geputzt wird wie ich, habe ich keine Hoffnung für sie. Danach geht der andere Mensch aus dem Bad und aus dem Haus. Ich sehe ihn nie wieder.

Donnerstag, 21:22 - 21:25 Uhr

Mein Mensch betritt das Bad mit einem neutralen Gesichtsausdruck. Untersucht seinen Hals nach Spuren. Er betrachtet kritisch den Toilettensitz und wischt ihn ab. Er putzt sich heute schon jetzt die Zähne und verlässt das Bad.

Freitag, 04.02 – 04.09 Uhr

Mein Mensch stolpert nackt ins Badezimmer in völliger Dunkelheit. Das Badezimmer besitzt kein Fenster, falls das bis hierhin nicht erschließbar war, und ist laut Aussagen meiner vorherigen Menschen ›kompakt‹. Im Dunkeln kann ich erkennen, dass mein Mensch die Augen zu hat und sich am Waschbecken entlang tastet. Vor der Toilette tastet er an der Wand entlang, berührt den angelegten Klodeckel und setzt sich, leicht schief, hin. Dann versucht mein Mensch das Toilettenpapier zu finden, aber schmeißt es beim Tasten von der Ablage herunter. Eine weiße Linie aus Papier ziert den Boden, der von breit gefächerten Fingern gescannt wird. Mein Mensch findet das abgerollte Papier und zieht dran. Die Rolle rollt gegen mich. Mein Mensch macht ein komisches Geräusch, lässt sich vom Klo aus auf alle Vier fallen und krabbele der Papierspur nach bis zu der Rolle. Er versucht, immer noch mit geschlossenen, aber nun zusammengepressten Augen, das Papier wieder auf die Rolle zu wickeln. Es entsteht eine schiefe Monstrosität. Etwas Papier wird zum Abwischen genommen und die nun breitere Rolle versucht er erst blind in die Ablage zu quetschen und stellt sie dann auf den Boden. Er tastet sich aus dem Bad heraus, das Badehandtuch genauso klamm wie vorher.

Freitag, 08:19 – 08.23 Uhr

»Scheiße, scheiße, scheiße«, flucht mein Mensch und stürmt in das Bad. Er geht auf Toilette, wundert sich kurz über den

Aufenthaltsort der Klopapierrolle, und reißt einen dreimal so langen Streifen ab als sonst. Er schaut in den Spiegel, auch in seine Augen, verzieht sein Gesicht und fährt sich durch die zerzausten Haare. Mein Mensch bleibt mehrmals hängen und zieht an einem Knoten so lange, bis er ein Büschel seiner Haare in der Hand hat. Er lässt es fallen. Ich hatte mal einen Menschen mit Dreads und überlegte, ob dies meinem Menschen stehen würde. Er kramt einen Haargummi, von wo auch immer, hervor und bindet sich ein kleines Knäul. Dann putzt er sich die Zähne, nur ein Drittel so lang wie sonst und stürmt aus dem Bad. Sein Display vergisst er im Bad.

Freitag, 16:30 - 16:32 Uhr

Mein Mensch ist fast so schnell im Bad wie in der Wohnung, da – während er die Badtür zum Wohnzimmer hin aufladend aufstößt – die Eingangstür ins Schloss fiel. Er hat einen leicht panischen Blick in den Augen, bei dem seine Augen zuckend über die Badmöbel und Ablagen gleiten. Sein Blick wandert über die Waschbeckenablage, und kommt sofort wieder zurück. Er greift nach seinem Display, welches zu leuchten beginnt und drückt auf die Nummer, welche dreimal rot unter dem Wort Anrufliste aufploppt. Er lehnt seinen Kopf gegen kalte Fliesen, während ein Piepen zu vernehmen ist. Als eine andere Stimme aus dem Gerät kommt, richtet er sich auf.

»Hey du, pass auf, mega stressiger Tag. Hab verschlafen, Handy vergessen und die Kunden waren...« Die andere Stimme sagt etwas, allerdings hat er das Gerät so an sein Ohr gepresst, dass ich nichts verstehen kann. So etwas ist doch einfach nur enttäuschend.

»Genau ich komme heute definitiv. Ich bin bereit. Schminke mich in ungefähr einer Stunde.« Wieder gibt es eine Pause von meinem Menschen, ehe er sich verabschiedet und aus dem Bad tritt. Diesmal mit seinem Display.

Freitag, 17:40 - 18:22 Uhr

Mein Mensch betritt das Bad mit einem Koffer. Vielleicht eher ein Köfferchen. Es ist nur halb so groß wie die blaue Reisetasche, die ich einmal pro Jahr sehen kann. Er stellt diesen, nachdem er sich erleichtert hat, auf dem Toilettendeckel ab, welcher unter dem Gewicht ächzt. Ich höre ihn Beleidigungen zischen.

Mein Mensch öffnet den Koffer und mehrere Ebenen kommen aus ihm heraus mit allerlei Produkten drauf. Viele davon kenne ich von meinem vorherigen Menschen. Der Mensch ohne den Penis zwischen den Beinen. Dieser nutzte einige davon täglich, andere waren mir völlig fremd.

Zuerst zieht mein Mensch aus dem Koffer ein Stück Stoff, welches er sich über den Kopf zieht, sodass seine Haare verschwinden und eng an seinem Kopf anliegen.
Ich beobachte mit Erstaunen wie mein Mensch sich Strich für Strich und Produkt für Produkt ein neues Gesicht aufmalt. Ich bin fasziniert.

So etwas habe ich in meinem Leben wirklich noch nicht gesehen. Und eigentlich kenne ich meine Menschen in und auswendig.

Das Gesicht meines Menschen, sieht – Weicher? Ja, es sieht wahrscheinlich weicher aus. Und hat mitten auf der Wange eine dunklere Kante. Generell ist es viel bunter.

Über den Augen meines Menschen befinden sich goldene und rote Töne, welche bis zum Haaransatz reichen. Der Bart meines Menschen sticht besonders hervor. Noch mehr verwundert bin ich, als mein Mensch auf seine eigenen Wimpern neue Wimpern aufklebt. Die neuen Wimpern sind viel länger und mit Federelementen. Rote lange und kleine rosa buschige Federn runden die Wimpern an der Seite ab. Ich bin begeistert. Ich kann es kaum erwarten, dass er durch die Wohnung lief und andere Gegenstände mitbekommen, wie unser Mensch aussieht. Vielleicht denken manche sogar es handelt sich um jemand Fremdes.

Das Schauspiel vor meinen Fliesenwänden geht weiter in dem mein Mensch seinen Penis – *so nannte ich seit gestern seine zusätzliche Applikation. Ich war mir allerdings nicht sicher und müsste dies weiter prüfen* – nimmt.

Und...

Wie sollte das...

Er lässt ihn einfach verschwinden. Also na gut. Nicht verschwinden verschwinden. Er steckt ihn sozusagen weg. Beziehungsweise bindet ihn weg. Sodass er nach hinten und zu seinem linken Bein geneigt eng anliegt. Ich habe nicht ganz mitbekommen, wie das funktioniert, allerdings scheint mein Mensch sehr geübt darin zu sein. Während ich mich noch mit diesen neuen und aufregenden Ereignissen beschäftige, zieht er sich schon eine Strumpfhose an.

Nein, er zieht sie sogar wieder kopfschüttelnd aus. Dann flucht er mit sich selbst – *das tut er wirklich oft* – und steigt mit nackten Beinen in mich hinein. Er nimmt den Brausekopf von der Wandhalterung ab und richtet ihn auf seine Beine. Auf einer leichten Stufe benetzt er sie, um danach eine Art Schaum aufzutragen und sie einzuseifen. Streifen für Streifen befreit er mit einem silber-goldenen Hobel seine Beine von Schaum und Haar. Vorsichtig geht er vor und hat das eine Bein auf meinem erhöhten Rand lang gestreckt und das andere geknickt. Als er mit dem einen Bein fertig ist, wechselt er die Position und befreit das andere Bein von dem Schaum und allem was darunter liegt bis auf die Haut. Er braust seine Beine in mir ab. Ich muss niemanden anlügen – natürlich so, dass Haare in mir zurück kleben bleiben, wie auch Schaum, der sich langsam in Luft auflöst. Hervor kommen zwei sehr glatte Beine und bis auf die eine blutende Stelle, sehen sie sehr weich aus. Sie werden sogleich mit einer Lotion eingerieben, die nach Apfel riecht Mein Mensch steigt aus der Dusche schaut auf seinem Display nach der Uhrzeit und atmet erleichtert aus.

Mein Mensch geht nur sekundenlang aus dem Bad und kommt mit einem Knäuel leuchtend roter Haare zurück. Es ist ein Tag voller Wunder als mein Mensch seine dunkel gelockten Haare eintauscht gegen lange, glänzende rote Haare. Sie fallen ihm bis zu seinen Schulterblättern. Auf seinem Kopf hat er plötzlich Fransen im Gesicht hängen, welche sanft sein Gesicht umrahmen. Mitten auf seinem Kopf bauen sich zwei rot-schwarze Türme durch die Haarsträhnen nach oben. Hörner. Es sind zwei kleine Hörner.

Mein Mensch beendet seine Metamorphose, mit Strumpfhose, Korsett und Rock. Er verlässt das Bad und ich kann nicht anders als erstaunt hinterher schauen. Erst später merke ich, dass der Spiegel recht hatte. Mein Mensch lief gerader, selbstbewusster und sieht sich lange mit einem Lächeln in die Augen.

Samstag, 02:13 - 03:09 Uhr

Es ist so laut als mein Mensch die Wohnung betritt, dass selbst ich es mitbekomme, obwohl das Bad nicht betreten wurde. Hohe Schuhe machen mir schon bekannte Geräusche und dahinter folgen leisere Sohlen. Sie singen etwas, was ich noch nie gehört habe. Es beinhaltet auf jeden Fall viele Raws, welche durch die Wohnung hallen.

»Ich kann nur wiederholen, du warst fucking großartig«, sagt eine mir unbekannte lallende Stimme. Die Küche meinte in einer späteren Ausführung, dass beide Menschen sich aufeinander stützten und sehr innig miteinander wirkten.

Sie schwanken gemeinsam ins Wohnzimmer und ich höre rascheln. Als würde Kleidung, das rote Kleid meines Menschen und ein hellblaues Hemd – *ja okay, ich habe durch die Tür geschaut* – aneinander reiben. Kleiderteile sind schnell verloren und Geräusche, die gestern im Bad hallten, erklingen nun von der Couch. Mein Mensch entschuldigt sich für einen kurzen Moment, was mit einem Schmatzen quittiert wird, und betritt durch die geöffnete Tür das Bad. Er findet Gleitgel und die viereckigen Päckchen und verlässt das Bad. Der Penis, ich hoffe wirklich, das ist das richtige Wort, steht fast senkrecht von seinem Körper ab. Mein Mensch trägt von den vorher angezogenen Sachen eigentlich nur noch sein zweites Gesicht und die Perücke. Ich mag die Kombination. Ab diesem Punkt ist Gestöhne zu hören. Und ich hoffe sehr für die Couch, dass, falls sie beschmutzt wird, sie wenigstens gereinigt werden würde. Ich weiß, wie sie sonst die nächsten Tage jammern würde. Zwischendurch dringt ein »Nimm mich härter!« von dem anderen Menschen ins Bad und die Couch beginnt zu quietschen – *und sich leise aufzuregen*. Es geht eine ganze Weile so weiter bis laute Geräusche durch schweres Atmen ersetzt werden.

»Das war so geil«, stöhnt die fremde Person und mein Mensch stimmt ihr zu. Ihren verschlungenen Beinen nach zu urteilen, die ich von hier aus sehen kann, scheinen sie sich im Liegen zu umarmen.

»Dein Penis ist so geil. Ich würde dir echt gerne später noch einen blasen.«

»Oh, okay«, gibt mein Mensch im verlegenen Ton zurück. Ich höre mehr Schmatzen, wahrscheinlich küssen sie sich schon wieder. Sie reden weiter, wie sehr der andere Mensch die Drag Show – was auch immer das ist – genossen hat und wie gut mein Mensch aussieht. Dann geht es weiter über Musik und eine Serie, die ich nicht kenne. Außerhalb des Bades mitzuhören ist wirklich anstrengend. Ich hoffe, die anderen sind nicht sauer, wenn ich in meiner Dokumentationswoche auch aus ihren Zimmern berichte. Ich will gerade meinen Bericht abbrechen, als der fremde Mensch das Bad betritt. Im Licht dieses Zimmers bemerke ich, dass dessen Haut um einiges dunkler ist als die meines Menschen und leuchtet. Er hat eine Hose an und sieht sehr gepflegt aus. Ich hätte mich nur zu gerne mit seiner Dusche unterhalten. Er wäscht sich die Hände, spritzt sich Wasser ins Gesicht. Er lächelt in die Leere hinein.

Im Raustreten aus der Tür fragt er: »Kann ich heute hier schlafen. Also nur wenn du das willst? Sonst mache ich einfach nach Hause.«

Mein Mensch stimmt schnell und enthusiastisch zu, wenn auch seine Stimme etwas schläfrig klingt. Er tapst in mich, nun mit seinen eigenen Haaren in einem engen Knoten, nur noch mit verändertem Gesicht und gibt dem anderen Menschen, welcher ihm gefolgt ist, eine eingepackte gelbe Plastikstange mit Borsten an einem Ende aus dem Spiegelschrank. Während der fremde Mensch sich die Zähne putzt, nahm mein Mensch seine zweiten Wimpern ab und beginnt den aufwendigen Prozess, das aufgemalte Gesicht von seinem abzunehmen. Auch als der weitere Mensch fertig ist, lehnt er in der Tür um meinen Menschen zu beobachten. Mir gefiel der Blick, denn der neue Mensch meinem Menschen zuwarf. Als mein Mensch endlich fertig ist, quoll der Mülleimer fast über vor lauter kleinen weißen Tüchern. Mein vorheriger Mensch hatte kleine Stofftücher – *genau, gehäkelt ist das Wort* –, die er wiederbenutzen konnte. Ich wünschte, ich könnte dies meinem Menschen vorschlagen, falls er mal wieder jemand anderes sein wollte.

»Du siehst wirklich schön aus«, sagt der Mensch in der Tür. Zum einen fällt mir auf, dass dieser Mensch eine andere Sprache hat. Also keine andere Sprache. Eine andere Benutzung der Sprache. Ich will diese Vermutung später mit den anderen Möbeln teilen. Zum anderen fällt mir auf, dass, obwohl die Haut meines Menschen gerötet ist von dem Herumwischen, sich nun noch mehr Röte bildet. Er sah verlegen auf den Boden und zuckt mit den Schultern. Ich wünsche mir sie würden aus dem Bad gehen. Ich will zwar alles wissen, aber ich fühle mich gerade jetzt stellvertretend für meinen Menschen peinlich berührt.

Sie scheinen meinen Wunsch erhört zu haben. Der neue Mensch wendet sich zum Gehen, zuvor gibt er meinem noch einen Kuss auf die Wange. Mein Mensch erledigt einen Toilettengang und folgt dem anderen Menschen.

Samstag, 11:21 - 11:58 Uhr

Der fremde Mensch kommt zuerst ins Bad und verrichtet dort eine morgendliche Routine. Ich muss schweren Duschkopfes zugeben, dass er sauberer ist als mein Mensch. Nicht sauberer, aber hygienischer alle Male. Er wäscht sich mit einem kleinen Lappen aus dem Regal das Gesicht, sowie Achseln, Penis und Po. Putzt sich die Zähne (ganze vier Minuten) und setzt sich hin, um die Toilette zu nutzen. Ich für meinen Teil finde ihn zumindest um einiges sympathischer als den Menschen von vorgestern. Als der neue Mensch die Tür öffnet, stand ihm mein Mensch gegenüber. Sie lächeln sich an und nach einem kurzen zögern küsst mein Mensch den anderen Menschen leicht auf die Wange.

»Wo finde ich den Kaffee?«, fragt der andere Mensch lächelnd und mein Mensch gibt ihm eine zu komplizierte Beschreibung, ehe er im Bad verschwindet und hinter sich die Tür schließt. Er lächelt immer noch vor sich hin. Er putzt sich ebenfalls die Zähne und summt dabei eine Melodie.

Dann riecht er an sich, wobei er seine Arme hebt, rümpft die Nase und steigt in mich. Ich hätte einen Freudenschrei ausgestoßen, wenn ich so etwas können würde, als er den Fleck – *natürlich gab es mehrere, aber Sexsekret ist neben Schimmel, gerade, wenn ein anderer Mensch zu Besuch ist, am schlimmsten* – bemerkt und die aufgedrehte Duschbrause draufhielt. Ein Reinigungsmittel und diese Behandlung noch an anderen Stellen, wären sicher nicht verkehrt gewesen, aber man konnte anscheinend nicht alles haben.

Mein Mensch wäscht sich gründlicher als beim letzten Mal als er in mir war. Diesmal denkt er daran wirklich alle Stellen seines Körpers einzuseifen, lässt sich Zeit und massiert das Shampoo genüsslich in die Haare. Dabei summt er weiter die Melodie und fängt sogar leicht an zu tanzen. Es wirkt fast als sei mein Mensch ausgewechselt worden. Ich freue mich für ihn. Er trocknet sich mit einem neuen Handtuch ab und legt die alten Handtücher gleich in die Waschmaschine. Zu meinem weiteren Erstaunen stellt er diese gleich an und sie fängt an Wasser in sich aufzunehmen und leicht zu rütteln. Das Handtuch schlingt er sich lässig um die Hüften und nimmt ein weiteres um seine langen jetzt noch lockigeren Haare ab zu rubbeln. Danach putzt er sich die Zähne, geht auf Toilette und geht aus dem Bad.

Samstag, 14:03 - 14:29 Uhr

Erneut höre ich die altbekannten lauten Geräusche in der Wohnung hallen, auch wenn sie mir erst am Ende so richtig bewusst werden als sie durch die geschlossene Badtür dröhnen.

Mit einer Lage leichten Schweiß auf seinen Körper kommt mein Mensch ins Bad und wischt sich mit einem Handtuch über die Stirn. Er sieht den anderen Menschen an und sagt ihm wie unfassbar das war, ehe er die Tür schließt und auf Toilette geht. Der andere Mensch scheint immer noch da zu sein, was auch etwas Neues ist. Ich kann aber nicht behaupten ich würde mich nicht freuen. Als mein Mensch das Bad verlässt, fragt der andere Mensch meinen Menschen, ob er kurz duschen könnte. Mein Mensch nickt, zieht für ihn ein weiteres Handtuch aus dem Schrank und erklärt, dass man mit meinem Wärmeregulator vorsichtig sein müsste, weil ich wohl neige sehr schnell sehr heiß zu werden. *Pff.*

Der fremde Mensch steigt in mich und wäscht sich auch. Ich habe noch nie jemanden sich so schnell waschen gesehen und war wirklich überrascht davon, wie wenig Wasser er dabei verbraucht. Obwohl er sich sogar in seinem Anus gesäubert hat. Nachdem er fertig war – und jetzt haltet euch bitte kurz fest – nimmt er das fast nie genutzte Werkzeug an der Wand und beginnt die Dusche auszuwischen. Für mich ist es jedes Mal ein Gefühl wie bei einer Massage als das Hartplastik über meine gefliesten Wände streicht. Ich konnte mein Glück kaum fassen. Der Mensch trocknet sich nicht so genau wie mein Mensch ab, und verlässt dann das Bad.

Samstag, 17:11 - 17:14 Uhr

Die Wohnung scheint von dem neuen Menschen verlassen worden zu sein und mein Mensch verhält sich ruhig. Er betritt das Bad mit einem dämlichen Grinsen im Gesicht, geht auf die Toilette und wäscht sogar seine Hände. Ab dann ist er nicht mehr zu Hause. In den letzten Wochen ist der Samstagabend stets fürs Weinen genutzt worden oder Alkohol. Manchmal ist das Bindewort auch ein ›und‹. Fast immer ist das Bindewort ein ›und‹.

Sonntag, 14:33 - 14:37 Uhr

Ich höre ab ungefähr 12 Uhr in der Wohnung ein Rumpeln und vermute, dass mein Mensch nicht allein ist, aber sicher bin ich mir erst, als das Bad betreten wird. Von dem anderen Menschen von gestern, um genau zu sein. Er geht auf Toilette – sehr groß. Danach öffnet er das Kabinett hinter dem Schrank, sucht ihn mit seinen Augen ab, ehe er ein Deospray findet und dieses herausnimmt. Damit sprüht er lange, leicht weißliche Wolken in den Raum, die sich pudrig absetzen. Wenn ich Lungen hätte, hätte ich gehustet. Der Mensch scheint ähnliche Atemnöte zu haben und verlässt das Bad.

Sonntag, 18:07 - 18:11 Uhr

Der Fernseher ist leise zu vernehmen. Leider nur leise. Nach einer halben Stunde beginnt wieder das Stöhnen. Es klingt diesmal sogar noch lauter. Schön für die beiden. Danach, fast als hätte jemand eine Uhr danach gestellt – *vielleicht sollte ich mit den anderen Geräten darüber wetten anfangen* –, geht mein Mensch in das Bad und auf die Toilette.

Sonntag/Montag, 23:55 - 00:12 Uhr

Über den Abend sind erneut Geräusche zu vernehmen und einzelne Federn aus der Couch beginnen es genervt zu quittieren. Bevor die beiden Menschen schlafen gehen, putzt der andere Mensch Zähne. Mein Mensch geht nur auf die Toilette. Sie wirken – vertraut.

Montag, 04:50 - 04:56 Uhr

Der andere Mensch betritt das Bad und sieht aus, wie der Tod auf zwei Beinen. Er wirkt weder ausgeruht noch fröhlich und seine Haare sind zerwühlt. Seine Augen glimmern rot und er kann seine Hände nicht stoppen, sondern muss immer wieder an ihnen reiben. Er putzt sich die Zähne und erledigt alles andere. Falls es jemanden interessiert, hat er mich mit seinem Verhalten, auch wenn er leise war, geweckt und ich bin nicht sonderlich gut auf ihn zu sprechen. Dies ändert sich allerdings, als er den Spiegelschrank öffnete und den Lippenstift herauszog, welcher direkt neben dem Deo stand. Er öffnete ihn und legte die Kappe auf die Ablage am Waschbecken. Dann schrieb er an den Spiegel: »Du schaffst das heute. Hab dich lieb – Zander«

Anfangen

Konzept Jungfräulichkeit,
führt zu Umständlichkeit,
und Unstimmigkeit.
Hohe Luftfeuchtigkeit,
Muskelkrampf und Unsicherheit.
Hohe Erwartungshaltung führt zu
Enttäuscht sein.
Nicht jeden Anfang muss man erstes Mal nennen.

Weibliche Begierde

Meine Knöchel weiß
Die Finger um den Stuhl gekrallt
Beine zusammengepresst
Fantasie ausgemalt
Gänsehaut an Armen
Nässe an meiner Körpermitte
Gänsehaut an meinen Beinen
Vagina zuckt zusammen um nichts
Wünsche mir, dass du mich fickst

Intim

2 Kitzler berühren sich nur
Unter optimalen körperlichen
Verbiegenden Voraussetzungen
Oberschenkel sind auch ganz schön okay
Ich schwärme für Finger und Zunge
Ich schwärme für Zungenküsse
Bisse und Küsse in meine Nippel
Ich schwärme für Augenbinden
Gepaart mit Nähe
Ich schwärme für dich
Vielleicht du auch für mich

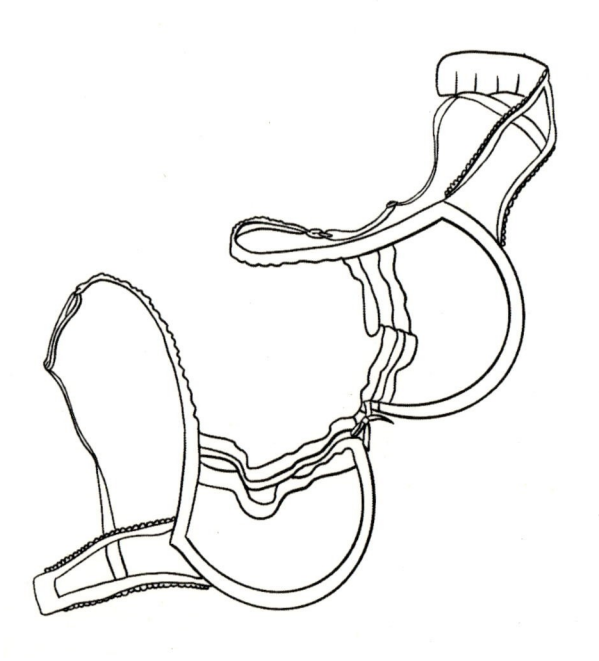

Rundum befriedigt

»Fu-fuck«, stöhnte Liam unter Mia und krampfte seine Finger in ihre Hüfte hinein. Mia rollte ihre Hüften schneller auf ihm. Sie sah unter sich, wie Liam zitterte und sich sein Gesicht zusammenzog während ihm schwarze Strähnen verstrubbelt in die Augen fielen. Liam biss sich auf die Unterlippe und stieß ein paar Mal nach oben, dabei blies er in Stößen Luft aus. Er setzte mehrmals an, etwas zu sagen, aber es kam nur mehr Stöhnen aus seinem Mund heraus.

Mia beugte sich nach unten und war froh die Haare beim Vorspiel in einem Zopf gefasst zu haben. Ihre Brüste landeten weich auf Liams Oberkörper und seine Hände fanden von fast automatisch ihre Nippel, die er langsam in seinen Händen streichelte und manchmal leicht mit seinem Daumen und Zeigefinger einklemmte. Der Winkel war nicht der beste, aber Mias gehauchte Worte an seinem Ohr ließen ihn dennoch zusammenzucken.

»Kommst du für mich?« Sie bewegte sich schneller auf und ab und küsste seinen Hals, als sich Liam verkrampfte und die Augen zusammenkniff. Er ließ ein langes Stöhnen im Raum erklingen und sein Penis zuckte kraftvoll zusammen, als er sich ins Kondom ergoss.

Als er die Augen öffnete, hatte Mia ihn schon aus sich rausgleiten lassen, da sie wusste, wie sensitiv er werden konnte, nachdem er gekommen war. Sie mussten definitiv mal den Penisring probieren. Liam öffnete langsam seine Augen. Es gab den Moment, in dem sich Liams Augen noch mal weiteten mit diesem unbewussten kleinen Lächeln, das er ihr manchmal schenkte, wenn er dachte, dass sie nicht hinsah.

»Woah«, stieß er aus und schob ein »Danke« hinterher.

Mia schüttelte nur ihren Kopf, verkniff sich den Kommentar und küsste Liam sanft und umarmte ihn fest, bis sich sein Atem wieder beruhigt hatte. Liam begann fast abwesend Mias Rücken zu streicheln und langsam ihre Wange und ihren Hals zu küssen.

Liam stellte das Bein, das zwischen Mias Beinen war, auf und presste sie sanft mit ihrer Hüfte auf dieses. Dann drehte er sie um – versuchte es zumindest. Mit etwas rumrutschen lag sie unten und er befand sich aufgestützt zwischen ihren Beinen. Er begann sich erneut mit Ihrem Hals zu beschäftigen, doch sie schlang ungeduldig ihre Beine um ihn und presste ihr Becken rhythmisch gegen seinen Unterkörper.

»Nimm mich bitte einfach.« Liam sah sie wieder mit diesem Strahlen an, als wäre sie etwas Besonderes.

»Du bist so unfassbar heiß«, raunte er und umschloss ihren rechten Nippel mit seinem Mund. Ein kleiner Aufschrei kam aus Mias Mund und sie krallte sich in seine Haare, als Liam fester saugte und vorsichtig in ihren Nippel biss. Dann nahm er seine Hand dazu und rollte ihren linken Nippel zwischen Daumen und Zeigefinger. Eigentlich wollte sie ihn runterschieben, genau dorthin, wo sie ihn jetzt brauchte, aber das Gefühl ließ sie kurz vergessen zu denken. Sie spürte wie Flüssigkeit in einem kleinen Schwall aus ihr lief, über ihren Po und auf das Kissen tropfte. Gleitgel hatte Mia noch nie benutzen müssen aber die Nippelklemmen sollte sie definitiv mal mit nach Anger-Crottendorf zu Liam nehmen.

Liam widmete sich ihrem anderen Nippel und langsam wurden die Nervenbündel sensitiv und Mia schob mit den Händen in Liams Haaren dessen Kopf eindringlicher nach unten.

Er verstand die Aufforderung und ließ sich nach unten pressen, bis sein Kopf direkt vor ihrer Vulva stehen blieb. Er atmete tief ein und seine Augen verdrehten sich genüsslich ein kleines Stück.

»Gott, du riechst so fantastisch«, sagte er und kam noch ein kleines Stück näher heran, sodass seine Nasenspitze nur Millimeter von ihrem Kitzler entfernt war. Mia wollte ihn näher heranziehen, aber scheiterte daran. Liam hatte andere Pläne. Er drehte seinen Kopf zu ihrem aufgestellten Bein und küsste erst das Knie, woraufhin Mia lachen musste, da sie dort sehr kitzlig war. Dann küsste er sich ihr Bein entlang runter und saugte an ihrem Oberschenkel, was sie mit einem Keuchen quittierte. Ihre Beine begangen zu zittern je näher er ihrer Mitte kam und sie krampfte sich noch mehr in seine dünnen langen Strähnen. Er küsste sanft ihre äußere Schamlippe, blies einen Kuss in ihre Mitte und küsste die andere Schamlippe. Dann küsste er sich qualvoll an ihrem anderen Bein wieder nach oben.

»Liam! Bitte, ich bring dich um.«

Liam biss noch einmal in ihren Oberschenkel, grinste und leckte einen Streifen von unten nach oben ihre Vulva entlang. Mia schloss die Augen und schrie endlich.

»Du schmeckst so unfassbar gut.«

»Wenn du mich länger lecken würdest, wüsstest du noch besser, wie ich schmecke.« Liam lachte nur und machte sich an die Arbeit. Er spreizte leicht ihre Vulvalippen und zog mit seinen Lippen ihren Kitzler und den Bereich um ihren Kitzler in seinen Mund ein. Nun konnte auch Mia wieder lächeln. Er saugte an dem Nervenbündel und spielte mit seiner Zunge daran um. Mia war sich nicht mehr sicher, welche Geräusche sie machte. Liam legte sich mit dem Oberkörper flach aufs Bett und zog Mias Schoss mit seinen Armen unter ihre Beine geschlungen noch näher an sich heran. So konnte er wenigstens durch die Nase atmen und musste nicht ständig aufhören. Seine Zungenbewegungen wurden freier und er leckte nicht nur Mias Kitzler, sondern ließ auch ab und zu seine Zunge in ihre Vagina gleiten. Es schmeckte göttlich für ihn.

Eine seiner Hände glitt nach oben ihren Körper entlang und liebkoste mit seinen Fingern ihren Nippel. Sein Mund lief voll mit ihrem Saft. Er stöhnte fast synchron mit Mia auf. Er begann nebenbei seinen Kopf rhythmisch zu bewegen und schloss seine Augen, um nicht weiter von Mias Gesicht abgelenkt zu sein. Sie krallte sich in das Laken, hob leicht ihre Hüften und hatte den perfekten Winkel gefunden, als – Neben ihr das Telefon klingelte.

Sie schnaubte frustriert, schob Liam mit einer sanften Handbewegung weg und riss sich nur ungern von dessen Mund los. Sie angelte das Mobiltelefon von dem Wohnungsboden und hoffte zum einen, dass es sich um ihren Vermieter handelte, da die Küchensituation endlich geklärt werden musste, hoffte aber auch zum anderen, dass er es gerade nicht war, damit sie mit Liam weitermachen konnte, wo sie aufgehört hatten. Das Display zeigte Alex und dahinter ein Herz-Symbol. Erleichtert wies sie den Anruf ab und schaute aber noch eine Sekunde länger, ob eine Nachricht erscheinen würde. Wenn es etwas Wichtiges war, würde er schreiben, wenn er nur quatschen wollte, war es bestimmt nicht sehr schlimm, dass sie ihn weggedrückt hatte.

Sie drehte sich zu dem erwartungsvollen Liam, welcher ein leichtes Glänzen am Kinn hatte und unfassbar erregt aussah.

»War nur Alex«, sagte sie beiläufig und öffnete ihre Beine einladend. Liam umschloss sie erneut mit seinen roten Lippen und schickte mehrere kleine elektrische Schauer durch ihren Körper. Er änderte seine Technik, nahm manchmal nur seine Zungenspitze und verwöhnte sie punktgenau oder leckte sie innig mit seiner flachen Zunge. Mia krallte sich im Bett fest und ihre Lust staute sich immer weiter an und weiter an und weiter an. Sie bereute es so sehr Liam erneut halb zu stoppen.

»Ich kann, glaube ich, so nicht kommen.« Liam sah für einen Bruchteil traurig aus, aber fing sich schnell wieder.

»Wie kann ich dir helfen? Was kann ich machen?«

Mia biss sich auf die Lippe und nickte zu der Kiste ans Fußende des Bettes. Liam nickte zurück.

Er kletterte vom Bett, öffnete die Kiste am Ende des Bettes, worauf die graue Wolldecke herunterfiel, was er nicht beachtete und zog aus einer schwarzen Stofftüte einen regenbogenfarbenen, mit Noppen versehenden Vibrator heraus.

Er kam wieder aufs Bett und verlor kaum Zeit, indem er zwei Finger vorsichtig in Mia einführte und nebenbei begann den Vibrator abzulecken. Er nahm ihn in den Mund und saugte daran, als würde er gerade einen anderen Mann oral befriedigen. Mia erregte dies noch mehr als sowieso schon. Sie brauchte etwas in sich – schon vorgestern.

Nachdem der Vibrator glänzte und Liam merkte, dass Mia sogar noch feuchter als vorher war, ließ er ihn – mit Mias Hilfe bei dem Winkel – in sie hinein gleiten.

»Fuck ja.« Mia sah ihm direkt in die Augen und er beeilte sich den Vibrator anzuschalten und beugte sich erneut zu ihr herunter, um ihren Kitzler weiter lecken zu können und mit der anderen Hand den Vibrator in sie stoßen zu können. Mia begann zu brabbeln und schien nicht zu wissen, wohin sie greifen soll. Liam stellte den Vibrator noch eine Stufe hoch und konzentrierte sich nur noch darauf sie zu nehmen. Nach wenigen Minuten griff eine von Mias Händen in Liams Haare und presste seinen Mund gegen sich. Liam bekam dadurch zwar kaum Luft, aber liebkoste mit allem, was er hatte und stieß dabei noch schneller und leicht nach oben. Kurz bevor Liam wieder hätte atmen müssen, schrie Mia auf und presste ihre Oberschenkel um Liam zitternd zusammen. Ihr Unterleib bäumte sich auf und fiel mit einem Seufzen zurück. Alles in ihr pochte von ihrer Scheide ausgehend und ihr Gesicht war unbeschreiblich glatt und entspannt. Nach wenigen Sekunden verkrampfte sie sich, auch ihr Gesicht, als die Vibration zu stark wurde und Liam zog sich und das Spielzeug zurück. Er schaltete es aus und legte sich neben Mia, einen

Arm sanft auf ihrem Bauch liegend. Auch sie atmete schwer und betrachtete Liam mit einem Blick, den keiner von beiden hätte deuten können.

»Woah«, stimmte sie zu und wollte sich erst zu Liam rüber rollen, seufzte aber und stand auf, um erst mal auf Toilette zu gehen. Der Druck pinkeln zu müssen war nach einem Orgasmus einfach zu hoch. Vielleicht deutete sie auch das Gefühl falsch und konnte eines Tages tatsächlich squirten, als nur diesen kleinen Strom zu erzeugen, aber das wollte sie erst mal für sich allein probieren.

Als sie aus dem Bad kam, sprang sie förmlich nackt ins Bett in Liams Arme und kuschelte sich an ihn. Sie kannte seinen Herzschlag und er beruhigte sie immer wieder.

»Hast du eigentlich schon mal einen Orgasmus vorgetäuscht?«, sprach sie den ersten Gedanken aus, der ihr durch den Kopf kam. Liam streichelte durch ihre Haare und antwortete nach einer kurzen Pause.

»Ein paar Mal.«

»Was? Warum?«

»Hast du schon Mal einen vorgetäuscht?«, fragte er mit hochgezogenen Augenbrauen.

»Nein.«

»Na ja, weil ich dachte es zieht sich zu lange und ihr oder ihm kein schlechtes Gefühl geben wollte.« Mia brauchte einen Moment, um zu verstehen, dass er auf ihre vorherige Frage geantwortet hatte.

»Ja, aber man merkt doch, wenn der Mann vortäuscht. Oder man sieht es doch zumindest.«

»Hast du dir schon Mal nach dem Sex ein Kondom angeschaut? Also ob etwas drinne war?«

Mia machte einen verwirrten Laut und sagte danach nur »Okay.«. Sie lagen noch eine Weile so da – entspannt und kuschelnd. Bis Mia begann sich anzuziehen und dabei ihre auf dem Boden verstreuten Kleider suchte. Es war nicht so spät wie sie gedacht, aber auch nicht so früh, wie sie gehofft hatte. Liam brachte sie zur Tür, an der sie ihre Schuhe anzog und Liam drückte. Er verwickelte sie in einen letzten Kuss, ehe sie in das Treppenhaus trat. Dort steckte sie sofort ihre Kopfhörer ein und stieg die knarrenden Holztreppen hinunter.

Von Anger Crottendorf aus, Haltestelle Breite Straße, nahm sie erst die 4 ins Zentrum und stieg am Augustusplatz in die 15 Richtung Leipzig, Miltitz ein. Von dort aus fuhr sie zum Lindenauer Markt. Hielt wie versprochen bei dem kleinen Dönerladen an und nahm einmal einen Döner mit Grillgemüse und Falafel mit und für sich einen Dürüm mit Halloumi. Danach lief sie bis zur Lützner Straße, querte diese nachdem sich nach gefühlten Minuten eine Lücke aufgetan hatte, und lief durch ein immer offenes, besticktertes Tor bis zur Hintertür und schloss diese auf. Zum Glück wohnte Alex im Erdgeschoss und schloss, wenn er da war, nie ab, sodass sie ohne Unterbrechung in die Wohnung kommen konnte. Mit einem Fuß hielt sie den grau-weißen Kater Baldrin zurück und schloss die Tür schnell hinter sich.

»Bin zu Hause«, rief sie in den Flur und Alex kam aus der Tür seines Wohnzimmers in einer Jogginghose gekleidet und schlang sie fest in seine Arme.

»Hallo Schatz«, flüsterte er ihr ins Ohr und küsste sie danach zur Begrüßung auf den Mund. Er nahm ihr die Essenstüte ab und packte das Essen aus, um es in der Küche auf einen Teller zu legen.

»Wir sollten uns echt mal angewöhnen Dosen mitzunehmen, der Müll ist wirklich unnötig«, sagte er nachdenklich, ehe er die Verpackungsreste im kleinen Kabuff in den Mülleimer schmiss. Mia nickte, stellte ihren Rucksack im Flur ab und goss aus dem offenen Rosé zwei Gläser ein, sowie Wasser. Sie trugen alles gemeinsam ins Wohnzimmer auf den Couchtisch und machten es sich auf der Couch bequem. Mia legte ihr Handy auf den Tisch und sie kuschelten sich aneinander, während sie bei einer Serie aßen. Als Alex fertig war, massierte er ihren Nacken.

»Wie war die Arbeit?«, fragte Mia und Alex begann eine Erzählung wie der kleine Edgar im Kindergarten gefragt hatte, ob er genauso wie Alex auch Nagellack tragen dürfte, weil die kleine Katja gesagt hat, das dürften nur Mädchen. Jetzt wollte der kleine Edgar wissen, ob das der Alex nur darf, weil er mal ein Mädchen war, oder ob Edgar auch seine Lieblingsfarbe blau auf seine Nägel bringen durfte.

»Wie war es bei Liam?«, fragte er zurück.

»Ziemlich gut. Sind mit dem Vortrag gut weitergekommen und der Rest war eigentlich wie immer.« Alex nickte und lehnte sich noch etwas mehr auf der Couch zurück. Mia wollte heute noch etwas für ihre Bachelorarbeit schreiben und Alex würde sich sicher freuen nebenbei etwas zeichnen zu können.

Mia ging kurz auf Toilette und holte aus dem Rucksack im Flur ihren Laptop. Sie kam zurück zu Alex, der ihr Handy eingängig studierte.

»Was gibt's?«, fragte Mia und ließ sich wieder neben ihn fallen in die weichen Kissen.

»Liam hat dir ein ziemlich heißes Bild geschickt und dazu geschrieben, dass er es heute einfach unglaublich fand und sich schon auf das nächste Mal freut.« Alex drehte das Smartphone zu ihr.

»Da muss er sich aber ziemlich angestrengt haben, um diese Bauchmuskeln zu zeigen«, kommentierte sie. Alex schaute sich das Bild noch mal eingehender an.

»Ich finde er sieht ziemlich heiß aus.«

»Heiß, definitiv. Aber als ich heute auf ihm saß war da nichts von Muskeln zu sehen.«

Alex grinste und legte das Handy zurück auf den Tisch.

»Da fand er es also unglaublich. Was habt ihr denn gemacht?«

»Also ich habe mich noch mal daran versucht ihm einen zu blasen. Er fand es wohl echt super, ich weiß noch nicht so ganz. Dann habe ich ihn geritten, du glaubst gar nicht wie sehr ich es vermisst habe, einen Typen zu reiten. Und er hat mich danach geleckt und mit dem Vibrator genommen. Also ja, ziemlich gut.« Alex kicherte.

»Er schreibt es war unglaublich und du sagst es war ziemlich gut. Ach, Hase.« Alex gab Mia einen innigen Kuss und nahm das Tablet raus, um weiter an seinen Tattoodesigns zu arbeiten. Mia ließ sich, wie immer, ablenken und kaufte Karten für den Westslam am Donnerstag, der direkt neben ihrer Haustür stattfand. Danach bekam sie noch gefühlte zwei Sätze geschrieben, ehe Alex ankündigte ins Bett zu gehen und sie sich ihm kurzerhand anschloss.

Ein Kuss führte zu mehr Küssen, führte zu Sex. Alex leckte sie, bis sie kam, seine Technik war atemberaubend und daraufhin leckte sie Alex Vulva, bis dieser sich in die Matratze krampfte. Danach befriedigte sie ihn noch mit ihrer Hand und wollte ihm auch den dritten Orgasmus schenken, doch beide waren einfach zu müde.

Sie murmelte noch, dass sie morgen zum Westslam gerne Liam mitnehmen würde und Alex seufzte in ihr Ohr, dass sie doch gar nicht fragen müsse.

Nach einer halben Stunde stieß Mia sanft Alex von sich weg und drehte sich auf die andere Seite. Kuschelnd einschlafen würde sie wohl nie können.

Umschlungen

Den Kopf auf der Schulter
Schwer atmend an deinem Körper
Halt mich bitte weiter
Bis ich nicht mehr weiß
Wo du anfängst
Und ich aufhöre

Blindes Vertrauen

Triggerwarnung: Dies ist eine Kurzgeschichte über eine BDSM Szene aus der 2. Perspektive (du) mit einem Mann namens Timothee. Alles was geschieht wird in den Kontext gesetzt und geschieht mit ausgesprochenem Konsens.

Es ist Zeit.

Du nimmst einen tiefen Atemzug. Ein leichtes Kribbeln breitet sich von deiner Mitte über deinen ganzen Körper aus. Durch deine Adern pumpt Vorfreude. Es gibt nichts Schöneres als die Vorfreude, die sich jetzt in dir aufbaut, die durch deinen Körper schießt und dir unter die Haut geht. Du musst dich zusammennehmen und konzentrieren.

In der Mitte des Raumes kniet Timothee. Nackt. Die Beine weit gespreizt, den Blick nach unten gerichtet. Die Hände hinter dem Rücken und sich leicht berührend. Seine dunklen Haare liegen wirr auf seinem Kopf. Er versucht es zu verbergen, aber du siehst das Lächeln auf seinen Lippen.

Du gehst mit sicheren Schritten auf ihn zu, deine Absätze klacken auf dem Linoleum Boden. Vor ihm stoppst du und betrachtest ihn, machst danach eine Runde um ihn. Langsam. Eine Gänsehaut macht sich auf seinem schmalen Körper breit. Du siehst seinen Penis, geradestehend und nach Aufmerksamkeit bettelnd. An der Spitze glitzernde Stellen als hätte jemand mit einem Backpinsel eine Zuckerglasur verteilt. Ein leises Lachen entfällt dir und mit Freude siehst du Timothee kurz zucken, als wollte er aufblicken, obwohl er ganz genau weiß, dass er das nicht darf.

»Ich sage dir du sollst knien und du bist schon so verzweifelt. Erbärmlich.«

Timothee wimmert nach deinen Worten und seine Beine schieben sich ein kleines Stück weiter auseinander. Während du vor ihm stehst, schiebst du deine Hand von unten in seine Haare und ziehst seinen Kopf damit nach oben. Seine Gesichtszüge sind entspannt. Die Wangenknochen und die dünne Nase stechen hervor. Die dicken Wimpern werfen Schatten auf seine Wangen, seine Augen sind abgewandt.

»Sieh mich an!«, orderst du an. Seine Augen wandern langsam vom Boden aus an dir hoch bis zu deinem Gesicht. Du weißt genau, dass du seine Lieblingsunterwäsche an dir trägst und du weißt, dass auch er das genau weiß. Was ihr das letzte Mal gemacht habt, als du sie anhattest. Seine Augen sind geweitet, ebenso wie seine Pupillen. Timothee sieht dich an, als wärst du eine übernatürliche Kreatur, die ihm das Leben geschenkt hat und deshalb seine ganze Existenz darauf ausgerichtet ist dir zu dienen.

Du beugst dich herunter und berührst mit deinen Lippen sanft seine Stirn, während seine Augenlider flattern. Deine Hand in seinen Haaren massiert leicht seinen Kopf.

»Zähl die Regeln auf!« sagst du ihm. Ohne zu zögern, fängt Timothee an. Seine Stimme klingt aufgeraut und seine Augen verlassen nie die deinen. Grün bedeutet alles ist gut. Gelb bedeutet stoppen und eine Tätigkeit wechseln und rot als Safeword stoppt alles sofort. Danach sagt er deinen Titel und erlaubt sich ein leichtes Lächeln.

»Und was ist jetzt deine Farbe?« Er antwortet dir mit grün und du küsst ihn erneut auf die Stirn. Du hättest ihn auch geküsst, wenn es eine andere gewesen wäre. Danach richtest du dich auf und gehst mit sicheren Schritten auf den Schrank hinter ihm zu. Innerlich verfluchst du dich, Timothee nicht gesagt zu haben, seinen Kopf wieder zu senken, aber als du einen Blick auf ihn wirfst, merkst du, dass er es von allein getan hat. So ein guter Junge.

Das Halsband ist aus schlichtem schwarzem weichem Leder, das du auf einer Sextoy Shoppingtour mit ihm in Berlin ausgesucht hast. In Leipzig waren die Sexläden eher beschränkt in ihrer Auswahl. Von hinten legst du es um seinen Hals, nachdem du ihm befohlen hast seine Augen zu schließen. Als der Stoff ihn berührt, geht ein weiteres Zittern durch seinen Körper. Du schließt das Halsband – du weißt genau wo, durch deine Erfahrung, denn Tim mag es sehr gerne fest und eng. Dabei geht er in eine andere Welt über, hat er dir mal gesagt. Mit dem Halsband sinkt sein Kopf noch etwas tiefer. Du ordnest an, dass er aufstehen soll. Seine Knie müssen ihm anhand der roten Druckstellen langsam wirklich weh getan haben. Er steht so unterwürfig, wie er kniet, mit dem Unterschied, dass sein Schwanz jetzt noch deutlich sichtbarer im Raum ist. Timothee hatte am Anfang eures Verhältnisses große Angst, dass sein Penis dir zu klein sein würde. Du hattest darauf geantwortet, warum er davon ausging, dass er mit dir schlafen dürfte. Unabhängig davon war es dir recht egal, wie Timothees Penis aussah oder sich anfühlte, dafür hatte er lange bewegliche Finger und einen wundervollen Mund.

Du küsst ihn, während er steht und ziehst mehrmals spielerisch seinen Kopf weg, um zu sehen, dass er nicht folgt, sondern wartet bis du ihm gibst, was du ihm geben möchtest. Deine Hand findet seinen Penis. Er ist hart mit weicher Haut und sehr warm. Timothee zuckt zusammen und du drückst warnend deine Hand zusammen. Mehrmals gleitet deine Hand auf und ab und verteilt die Lusttropfen überall auf seiner Länge. Aus Timothees Mund kommen Geräusche, die du dir gerne aufgenommen hättest.

Du trittst von ihm weg und führst ihn zum Bett. Er macht unsichere Schritte, aber lässt sich immer weiter nach vorne schieben. Du gibst ihm Anweisungen. Leg dich aufs Bett, Arme nach oben, Beine spreizen. Du warst dir noch nicht sicher, wie du es gerne machen wolltest, hattest eigentlich eine andere Idee, aber einen plötzlichen Impuls Timothee Auseinanderfallen zu sehen. In der Zeit, in der er sich auf dem Bett zurecht rutscht, schließt du deine Augen und atmest tief. Der Adrenalinrausch und die Realisierung einen anderen Menschen komplett unter deine Kontrolle zu haben sind gemeinsam ein gefährliches Aphrodisiakum. Mehrmals bei Gesprächen danach wird einem überdeutlich bewusst, wie viel Verantwortung man übernommen hat, wie viel Kontrolle.

Du nickst in den stillen Raum und holst vier Lederfesseln mit zugehörigen Verbindungsketten aus der Kiste neben dem Bett. Timothee bleibt still liegen, während du ihm die Fesseln um Hand und Fußgelenke befestigst und diese wiederum an den Ösen an den Bettenden, welche du, seit du ihn kennst, nie abgenommen hast. Er liegt hilflos da, kann maximal die Hüfte drehen, aber könnte nie ganz von dir wegkommen. Er vertraut dir – Du vertraust ihm. Du kletterst langsam zu ihm auf das Bett, während du dabei eine Lederaugenbinde hochhältst.

»Farbe?« Timothee antwortet mit grün. Die Augenbinde legst du ihm um, wobei er sich abmüht seinen Kopf oben zu halten. Du hättest sie ihm früher umbinden sollen, denn so klemmst du mehrere seiner Haare ein. Er liegt auf dem Kissen wie ein Engel. Ein gefallener Engel an weltliche Ketten gebunden. Mit schneller Handbewegung vor Timothees Augen testest du die Augenbinde. Sie sitzt gut, kein Zucken. Du beginnst deine Hände wandern zu lassen, erst mit den Fingerspitzen, dann mit der vollen Hand. Deine Hände streichen über seine Brust, spielen mit seinen Haaren und fahren Muster von Muskeln entlang. Seine Lippen fallen offen und er atmet stoßweise aus ihnen. Hin und wieder benetzt seine Zunge seine Lippen. Du beginnst seine Brust zu küssen und leckst einige lange Streifen bis zu seinem Nippel. Erst leichter Atem und dann ein leichter Biss in das zartrosa Fleisch. Timothee windet sich bei dem Atemhauch von dir weg, lehnt sich mit seiner Brust in die Liebkosungen deiner Zunge und Zähne hinein. Seine Nippel sind hart und rot und sein Penis zuckt mit einer neuen glänzend weißen Schicht darauf. Deine Lippen bleiben oben, während deine Hände immer weiter nach unten wandern. Sie spielen mit seinen Schamhaaren, aber gehen nie weiter. Deine Lippen folgen deinen Händen, wandern immer weiter hinunter, Timothees Beine entlang und wieder hinauf, ohne dass er irgendetwas machen kann, außer zu fühlen, was mit ihm passiert. Timothee fängt an zu betteln, als du zum vierten Mal seinen Penis ignorierst. Du grinst, sagst ihm wie leicht und billig er ist, behältst für dich wie wunderschön und besonders er ist. Bitte mach etwas, bettelt er.

»Was soll ich denn machen?«, fragst du fast unschuldig mit deinem Finger zwischen seinen Beinen sein Loch massierend. Timothee antwortet mit alles. Ihr beide wisst, was das bedeutet.

»Du würdest mir alles geben. Nur um einen Orgasmus aus deinem Schwanz zu bekommen. Du machst es mir gar nicht schwer. Wirfst dich vor meine Füße, lässt mich dich haben. Du bist so einfach.« Selbst von deinen Worten stöhnt er auf. Dein Finger berührt seinen Penis. Nur ganz leicht, doch Timothees Zähne pressen sich aufeinander.

»Wie lange, denkst du, hältst du es aus, bevor du kommst?« Selbst ohne seine Augen zu sehen, siehst du sein verzweifeltes Gesicht. Eine Minute, sagt er dir stockend. Du lachst ihn aus. »Nur eine Minute. Das ist selbst für eine Schlampe wie dich wenig.« Du wartest, ob er erhöht, aber er tut es nicht. Gut für ihn.

Du stehst vom Bett auf, holst dein Handy und kommst wieder zurück. Du setzt dich auf seine Beine und er zuckt vor dem unerwarteten Kontakt zusammen. Von dir folgt eine Entschuldigung, du weißt, wie schreckhaft er wird, wenn er nichts sehen kann. Unbewusst reibst du dein eigenes Geschlechtsteil an Timothees Bein, während du einen Timer auf deinem Smartphone einstellst.

»Hör zu Hure. Ich stelle einen Timer auf eine Minute. Wenn du es schaffst nicht zu kommen, habe ich eine Überraschung für dich. Wenn du versagst, werde ich dich bestrafen. Farbe?« Wieder kommt ein grün. Der Timer beginnt mit einem lauten Ticken und du senkst deine Lippen zu Timothees Schwanz. Deine Lippen und Zunge umspielen seine Eichel und mit der freien Hand, die sich nicht auf der Matratze abstützt, wickelst du deine Finger um seinen harten Schwanz und liebkost ab und zu seine Eier. Du kennst seine Knöpfe in und auswendig. Nach kurzer Zeit hast du ihn zum Brabbeln gebracht und er wird immer lauter, während seine Zähne in seine Unterlippe fahren.

Bevor er dich kennenlernte, fühlte er sich immer gezwungen, jede potenzielle Beziehung abzubrechen, bevor sie die Chance hatte, sich zu mehr als einer Affäre zu entwickeln. Es war sicher für ihn, er ließ nie jemanden an sich heran, engagierte sich nie zu sehr, so dass er nie seine Deckung fallen lassen musste. Und jetzt du. Du bist bei 20 Sekunden angelangt und wirst schneller mit deinem Mund. Du fährst mit deiner Zunge über seine undichte Spitze und beobachtest wie sich sein Bauch anspannt. Timothee wimmert unzusammenhängende Schimpfwörter. Es gab nichts Berauschenderes als ihn so zu sehen. Mit Röte, die sich über seine Haut schlich und einem leichten Zittern. Speichel tropft aus deinem offenen Mund und läuft mit an ihm runter. 40 Sekunden waren vergangen. Deine Finger kneten weiter seine Länge und du greifst mit der Hand aus dem Bett an seinen Nippel und beginnst ihn zu kneten. Lautes Wimmern und Schreien füllt den Raum. Er versucht sich von dir weg zu drehen, die Stimulation abzuwenden, wenn auch nur ein kleines Stück. Du hältst an ihm fest und er kommt nicht weiter, die Geräusche animalisch. Er schreit mehrmals wie kurz er davor ist zu kommen und mehrere Bitten es endlich tun zu dürfen. Nur noch 10 Sekunden müsste er schaffen. Er schmeckt salzig in deinem Mund und er hält sich nur noch mit schierer Willenskraft davon ab zu kommen. Du wünschst dir, dass er versagt und du die Kerzen rausholen kannst, um seinen Körper damit zu bemalen, nur um danach seinen Penis mit Eiswürfeln zu attackieren. Gleichzeitig hoffst du, dass er es schafft – dass er nicht kommt, weil er sich und dich so stolz machen wollte. In den Moment in dem der Timer klingelt, nimmst du deine Hände weg und lässt seinen Penis aus deinem Mund rutschen. Unter der Augenbinde haben sich nasse Flecken gebildet und Timothees Hüftbewegungen gehen verzweifelt nach oben.

Er beginnt zu betteln. Er fleht regelrecht, dass du ihn nimmst. Er ist genau dort, wo du ihn haben möchtest. Beruhigend legst du ihm eine Hand auf die Brust und folgst dem Heben und Senken. Du überlegst ihn zu fragen, ob du ihm die Augenbinde abnehmen sollst, aber ihr wisst beide, dass er selbst danach fragen sollte. Wenn ihm Seilbindungen, ein Harness, eine Augenbinde oder anderes während des Spielens zu viel wird, dann darf er das natürlich zu jedem Moment sagen, oder orange sagen. Bei Orange stoppt sowieso jede Stimulation und Timothee würde äußern, was ihn ungut fühlen lässt. Da er dies aber nicht tut, vertraust du ihm. Als er sich wieder etwas beruhigt und akzeptiert hat, dass er nicht sofort kommen wird, nimmst du deine Hand langsam wieder zurück von seinem heißen verschwitzten Körper.

»Ich bin sehr stolz auf dich mein Hase. Du hast es so gut gemacht.« Du bedeckst sein Gesicht mit Küssen und küsst seine Lippen. Mit einem leichten Biss löst du dich von ihm.

»Du hast dir eine Überraschung verdient«, Timothees Gesicht ist wie das von einem aufmerksamen Hund, »Du darfst dir heute aussuchen, ob du kommen möchtest oder ob du mich zum Kommen bringen möchtest. Es geht nur eins von beidem. Egal, wie du dich entscheidest, es gibt keine Konsequenz.« Deine Hand streichelt über seinen Kopf. Du kannst ihn praktisch denken spüren. Das letzte Mal als ihr gespielt habt, hat er dich oral befriedigt. Dabei hatte er selbst die ganze Zeit einen Penisring um und durfte nicht kommen. Er liebt es dich zu befriedigen, er liebt es für dich ein Gegenstand der Lust zu sein, das weißt du genau und nutzt es nur allzu gerne aus. Er öffnet seinen Mund, doch kein Laut kommt heraus. Du gibst ihm noch mal einen leichten Kuss auf seine Stirn.

»Ich«, seine Stimme klingt rau, »Ich möchte gerne kommen.« Du lächelst in den Raum und gibst ihm einen weiteren Kuss auf die Stirn.

»Natürlich Hase, aber ich möchte, dass du mich besser danach fragst.« Timothees Atem geht schwerer mit hörbarem Schlucken. Er probiert es mit einem stockendem ›Kannst du mich bitte nehmen?‹. Du schüttelst deinen Kopf, erinnerst dich, dass er dich nicht sehen kann, und bekräftigst ihn, dass er es besser kann. Als er dich anfleht ihn zu ficken, gibst du nach. Du stehst auf und holst Gleitgel und einen Vibrator aus der Kiste neben dem Bett. Nach der Frage, ob Timothee okay mit Analplay ist, kommt voll Vorfreude ein grün von ihm, und du beginnst ihn vorzubereiten und zu dehnen. Du spielst mit seinem Rand und dringst erst mit einem Finger in ihn ein. Da durch seine gefesselten Beine dein Zugang recht schwierig ist, löst du seine Beinfesseln und verschaffst dir Zugang. Es folgt ein zweiter Finger bis zu einem dritten. Timothee stöhnt stockend, sein Penis sieht rot aus und er komplett fertig. Der Vibrator wird mit Gleitgel bedeckt und in ihn geschoben. Er ist neu, lila, mit kleinen Noppen und ungefähr vier Zentimeter im Durchmesser. Beim Eindringen lässt Timothee einen lustvollen Schrei los und zieht an seinen Fesseln, versucht irgendwas zu greifen, um nicht den Halt zu verlieren. Er findet das Kopfende und krallt sich hinein, bis seine Knöchel weiß werden. Mit dem Vibrator stößt du mehrmals in ihn und drehst ihn dabei. Mit einem tiefen Stoß lässt du ihn stecken und stellst die Vibration an. Timothee zittert fast genau so heftig wie das Spielzeug in ihm. Deine Hand gleitet parallel an seinen Schwanz und du bist dir nicht sicher, ob er dich über seine eigenen Geräusche hören kann, als du sagst: »Komm so oft wie du möchtest Hase. Du hast die Erlaubnis.«

Timothees erster Orgasmus kommt so schnell und heftig, dass es ein lautes Knacken im Bettgestell gibt, er deinen Namen ruft und so sehr zittert, dass der Vibrator fast aus ihm herausfällt. Du gibst ihm eine halbe Minute zum Atmen, ehe du das Spielzeug wieder in ihn auf höherer Stufe hineinschiebst. Sein Bauch und deine Hand sind voller Sperma und sein Penis liegt halb schlaff auf seinem Bauch. Er wird wieder hart werden und Timothee wieder kommen. Wieder und wieder. Bis du sagst, dass es genug ist. Bis du ihn erlöst.

Dann stellst du die Vibration aus und öffnest die Handfesseln vom Bett, aber lässt Fesseln und Halsband vorerst um. Langsam löst du Timothees Augenbinde und beobachtest, wie er langsam gegen das gedimmte Licht blinzelt. Seine Augen sind rot und verquollen und sein Körper scheint ihm nicht zu gehorchen. Er lächelt verklärt und grinst dich langsam an. Du grinst zurück und küsst ihn innig. Er dreht sich mit Mühe selbst auf seine Seite und du kuschelst ihn während du belanglose Bestätigungen in seine Haare murmelst. Timothee schläft ein und du reinigst ihn mit einem nassen Lappen und weckst ihn sanft, damit er etwas trinkt. Du reinigst die Geräte und steigst ins Bett. Er dreht sich zu dir und fragt, ob er noch etwas bei dir machen soll. Du schüttelst lächelnd den Kopf und sagst ihm, dass es perfekt war.

»Reden wir morgen noch darüber?«

Er sagt »Ja«, während er an dich gekuschelt einschläft.

Part 6

DIE KUNST DES DATINGS

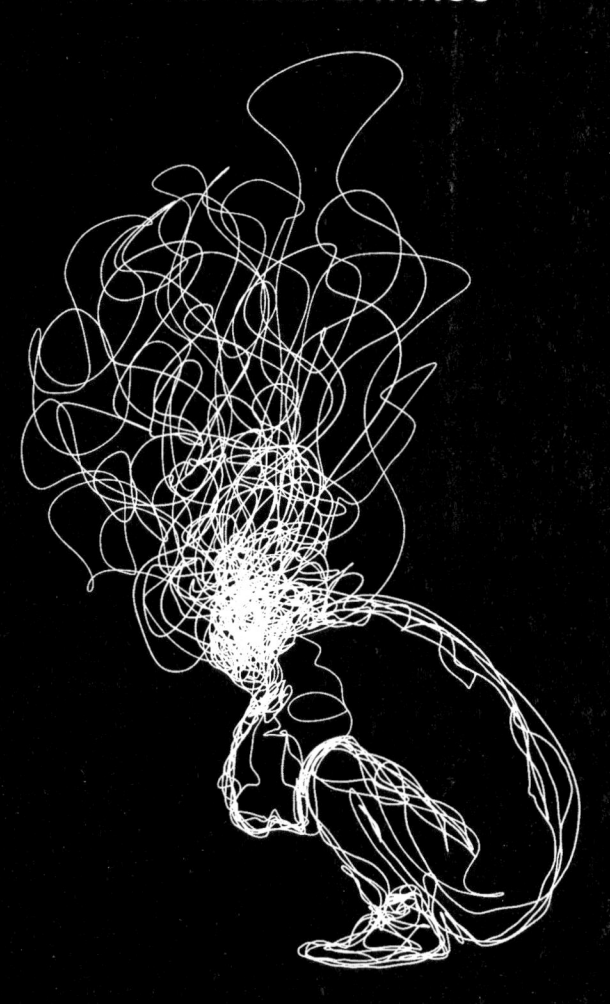

Kaffeebohnen und andere Vorlieben

Überraschenderweise war Eric derjenige, der es erwähnte, während sie auf Nathans Balkon entspannten, Wein und Käsestangen auf der Ablage ausgebreitet, zu müde und unmotiviert, um die Wohnung zu verlassen. Der Balkon ragte in einen Gohliser Innenhof, in dem sich Bäume reihten und andere Balkone, welche mit Lichtern verziert waren. Nathans Balkon war dies nicht, es schien ihm nicht mehr angemessen genug und die Stehlampe mit dem gewundenen Gestell passte sich besser in die dunkle Metallkonstruktion ein. An Sommertagen wie diesen war der Balkon das Zuhause von Nathan, Eric und Leah.

»Du könntest, wenn du so weiter machst, alleine enden.« Eric sprach, die Augen auf Nathan gerichtet, mit einem ernsten Unterton. Nathan stoppte kurz und kratzte sich.

»Es ist schon schlimm, dass meine Mutter seit zehn Jahren nicht aufhört mich zu fragen, wann ich ein ›nettes Mädchen‹ mitbringe oder ihr einen Enkel schenke. Musst du jetzt auch noch damit anfangen?«, antwortete Nathan, nachdem er einen großen Schluck von seinem Weißwein genommen hatte.

»Das habe ich nicht gemeint und das weißt du. Ich meine eher Spaß mit anderen.«, sagte Eric mit hochgezogen Augenbrauen.

»Er hat recht.« Leah meldete sich zu Wort und schwang ihre Beine von der Balkoncouch herunter, um ihm in die Augen zu sehen. »Wie lange ist dein letztes Date her?«, fragte sie mit einem Grinsen, das nur etwas herablassend wirkte.
»Du bist doch auch seit zwei Jahren Single«, antwortete Nathan empört und fragte sich, was er an diesem heutigen Tag wohl falsch gemacht haben muss.

»Ich bin mit meiner Arbeit verheiratet, Nathan, und bin sehr zufrieden damit.«

Ein weiteres Glas Wein wurde gefüllt und Nathan verkniff sich zu sagen, dass diese Aussage das absolut deutscheste war, was er je gehört hatte. Mit der Arbeit verheiratet klang für ihn sehr erbärmlich – ohne das beleidigend zu meinen. Für Nathan war die ›Liebe‹ verflogen und verblasst wie seine Schulzeit. Er hatte seine Partner und Partnerinnen, seine Freude und seine kribbelnden Gefühle. Er wollte doch aber nicht nur auf der Suche sein, weil er ›alt‹ war und alle Verwandten lauernd auf ihn sahen. Gesellschaftlicher Konsens schien zu sein, dass man allein nicht glücklich sein konnte. Doch schaut ihn an: moderat gut gelaunt. Natürlich wollte Nathan Familie, aber doch nicht mit irgendwem und um jeden Preis. Der Punkt war schon längst erreicht und weit überschritten, an dem ihn die Liebe wie nichts anderes auf der Welt interessierte. Gerade nach Luise vor acht Jahren – oder waren es doch erst sieben? – war der Gedanke an Liebe kein Faktor mehr gewesen. Niemand rennt gerne Dingen hinterher, die einem Schmerzen bereiten, auch wenn es alle tun.

Seine Freunde und Kollegen bemerkten, wie wenig er auf das Thema einging und ließen es schließlich fallen. Leah verabschiedete sich und Eric nahm ohne zu zögern mehr Couchplatz ein. Die Palettencouch hatte Nathan damals vor sieben Jahren in dem Baumarkt nah des Leipziger Hauptbahnhofes gekauft, als er gerade frisch nach Leipzig gekommen war, um seine Professur hier anzutreten. Als Eric anfing zu sprechen, nachdem Leah beiden eine gute Nacht gewünscht hatte, wollte Nathan sich am liebsten aus dem dritten Stock werfen. Eric sprach das einzige, eher den einzigen an, der Nathan gerade mehr interessierte als die neue Staffel Haus des Geldes.

»Gibt es wirklich absolut nichts anderes, worüber wir reden können?«, versuchte er seinen Freund abzuwehren.

»Natürlich«, grinste dieser und fuhr fort, »aber du schmachtest ihn regelmäßig an, wenn du im Laden stehst.«

»Na und? Man darf ja wohl noch andere Menschen ansehen.«

»Aha«, Eric streckte seinen Finger in Nathans Gesicht, »du magst ihn also doch.«

Nathan seufzte.

»Ich finde es recht schwer von mögen zu reden, wenn ich noch nie mehr Sätze mit ihm gewechselt habe außer ›Hallo bitte einen schwarzen Kaffee, danke‹ oder an besonderen Tagen ›Bitte eine Latte mit Haferschaum‹.«

»Du hast ihn nicht ernsthaft nach einer Latte gefragt?«, platzte es aus Eric heraus und Nathan sah schon, wie er mit seinen heftigen Bewegungen irgendwann alles von der kleinen Balkonhalterung herunterreißen würde. Nathan antwortete nicht, trank seinen Wein und tat etwas, was er immer tat, wenn er genug von Menschen in seiner Wohnung hatte: Er stand auf und putzte sich die Zähne im Türrahmen. Eric kannte das Spiel und trank sein eigenes Glas aus, ehe er sich zum Gehen bewegte. Er sah Nathan noch mal tief in die Augen, ehe er ging, so als hoffte er damit irgendwas anderes zu erreichen als lächerlich auszusehen.

Es gab in den nächsten Wochen mehrere Abwandlungen dieses Gespräches. Seine Mutter, 68 Jahre alt und gerade in Portugal, wollte wissen, was es an der Frauenfront gab – *nichts*. Seine Kollegen und manchmal Freunde zogen ihn jeden Morgen beim Kaffee holen auf – e*r brauchte dringend neue*. Und sein bester Freund, welcher momentan in Manchester lehrte, wollte wissen, was bei ihm gerade generell los war – *nichts*.

Seit Jasper an der Kasse des Bohemian Kids Café im Leipziger Zentrum arbeitete, schien Nathan Woche für Woche denselben Kreislauf an Gesprächen zu haben. Er war nicht nur müde sondern auch genervt. Das Café lag direkt in der

Universitätsstraße, hatte stets kleine witzige Schilder vor der Tür und ein sehr angenehmes Ambiente. Mit ein paar wenigen Tischen konnte man arbeiten und die umfunktionierten Bierkästen draußen boten weitere Sitzmöglichkeiten. Nathan mochte vor allem, dass er von hier aus direkt in die Mensa sehen konnte und dass die Preise – *normale Kaffeepreise* – die meisten Studenten doch eher in die Cafeteria zogen. Er hätte in Uninähe auch zu Starbucks gehen können, aber das war ihm einfach nichts mehr, auch wenn er endlich das Geld dafür gehabt hätte. Auch Backwerk und Konsum waren einfach nicht das Wahre.

Ein weiterer Pluspunkt für das kleine Café war definitiv Jasper. Der junge Mitarbeiter, irgendwo zwischen zwanzig und fünfunddreißig, hatte ein unfassbar schönes Lächeln, Grübchen und diese leicht längeren Haare, die Nathan an Männern mochte. Sein bester Freund meinte nicht nur einmal, dass er Jasper um ein Date bitten solle, aber Nathan scheiterte eher an dem wie. Zu ihm hinzugehen und zu fragen, wann er Schluss habe, war unfassbar klischeehaft, und wenn Jasper nein sagen würde, würde sich Nathan nie wieder hier rein trauen – und er war wirklich auf den Kaffee angewiesen. Er wusste ja nicht mal, ob Jasper auf Männer stand. Die Schwulenszene war leider unfassbar wählerisch. Wenn er nicht gerade ein Sugar Daddy sein wollte, blieb ihm nicht mehr viel: Er war weder jung, dünn noch anderweitig sonderlich attraktiv in seinen eigenen Augen. Mit einem Bart, einzelnen grauen Strähnen und einem verwaschenem ACDC Shirt von der Tour in Leeds 2010, war er nicht gerade von sich selbst überzeugt.

Seine Taktik, und er würde schwören, dass keine Taktik dahintersteckte, war einfach nach seinen Lehrveranstaltungen ins Café zu gehen, veganen Kuchen in sich hinein zu schaufeln und sich Gedanken über seine neue These zu machen.

Diese Taktik hatte insgesamt um die drei, wenn nicht gar mehr Vorteile.

1. Das Essen und der Kaffee waren lecker.

2. Auch wenn sein Büro in der Universität in der Fakultät der Anglistik in der Beethovenstraße nur ca. fünfzehn Minuten entfernt war und gegenüber der imposanten Bibliothek Albertina lag, arbeitete er stets besser in Cafés, wenn er zwischendurch aufschauen und sich in anderen Menschen verlieren konnte.

3. Er verlor sich unfassbar gerne in Jasper.

Durch Nathans regelmäßige Anwesenheit, kannte Jasper seine Bestellungen und schien stets seinen kleinen Ecktisch zu übernehmen, wenn er mal wieder die nächsten vier Stunden unter den Pflanzen an der Wand arbeitete. In Gesprächen ließ Nathan immer mal Informationen über sich einfließen ›Danke, ich brauche so viel Kaffee, um mit meinen Studenten mithalten zu können.‹ oder ›Ich könnte mir die Kaffeemaschine selbst kaufen, kannst mir gerne den Namen aufschreiben, aber ich kann nirgends so gut arbeiten wie hier.‹. Jasper hatte seine Nummer leider nicht mit auf den Zettel mit dem Namen des Kaffeevollautomaten geschrieben, aber darauf war ein Smiley zu finden und ein kleines ›Ich hoffe, ich verliere meinen Stammkunden nicht.‹. Über Jasper wusste er kaum etwas. Nur, dass er hier hauptberuflich arbeitete und entweder mit seinem Studium schon fertig war, nie eins angefangen hatte oder es vielleicht abgebrochen hatte? Jedenfalls verzog er, wenn es um die Uni ging, immer sein Gesicht. Jasper mochte Halloween, was er durch seine zahlreichen Pullover mit kleinen schwarzen Katzen, Kürbissen und Geistern ausdrückte. Ebenso schienen viele der Kuchen von ihm zu kommen. Mit der Zeit unterhielten sie sich neben den Bestellungen immer mehr und kamen langsam aber sicher auch an den Punkt sich wie Freunde über belanglose Alltäglichkeiten zu unterhalten.

Das Semester neigte sich dem Ende zu. Jasper war anscheinend entweder ein weiterer Fan von Weihnachten oder doch einfach nur von Motivpullovern. Da sich wegen der kalten Temperaturen in Leipzig – um die zehn Grad – niemand mehr hinaus setzte, war Nathans Platz fast ständig von Studierenden besetzt und Jasper hatte alle Hände voll zu tun.

Nathan selbst steckte in der Klausurvorbereitung und hatte mehrere Menschen die er bei Bachelor, Master und einer Staatsexamensarbeit betreute, was auch bei ihm massive Einschnitte im Zeitplan erforderte.

Wenn sich Nathan und Jasper sahen, warfen sie sich ein kurzes Lächeln zu. Als einmal ein Wintereinbruch mit dicken Flocken auf Leipzig einstürzte und die Leipziger Verkehrsbetriebe komplett unvorbereitet waren, bot Jasper ihm an noch etwas zu bleiben, während er das Café säuberte. Nathan wollte sich nicht aufdrängen, war aber dankbar mit seinem Sakko nicht in den Schneesturm zu müssen. Außerdem wollte er so unbedingt nah bei Jasper bleiben, dass er das Angebot annahm.

An diesem Abend half Nathan Jasper beim Fegen und Wischen und lud ihn danach auf einen Drink ein. Gemeinsam kämpften sie sich durch den Schnee, der zum Glück nicht mehr als unbesiegbare dicke Wand fiel, und liefen über den Leipziger Markt, mitten im Stadtzentrum, und ließen sich im Barviertel im Barfuß wieder. Der Weg war gesäumt von Aufbauarbeiten des Leipziger Weihnachtsmarkts. Vereinzelte Buden waren bereits geschmückt und warfen ein warmes Licht auf ihre Gesichter. Auf dem Marktplatz stand schon die große Nordmanntanne. Nathan hatte sich schon mehrmals versucht daran zurückzuerinnern wann er das erste Mal nach Leipzig gekommen war und all dies zum ersten Mal gesehen hatte. Sie kamen gemeinsam in der Bar an, fanden einen Tisch im Inneren und setzten sich gegenüber. Eine neue Ebene schien freigeschaltet zu sein, da sie sich nun nicht nur als Kunde und Angestellter gegenüber standen, sondern als irgendetwas anderes.

Jasper erzählte drauf los, wie er in einer kleinen Laube zu Hause gemalt hatte und im Kunststudium nicht angenommen wurde. Wie er dennoch immer wieder ein paar Ausstellungen hatte und, um sich ein Dach über dem Kopf leisten zu können, in dem Café arbeitete. Das Dach befand sich im Stadtteil Reudnitz und er hatte zwei Katzen. Wenn Jasper über Kunst sprach, strahlte sein ganzes Gesicht. Außerdem schien Jasper schon zu wissen, dass Nathan ein Professor im Gebiet britische Kulturstudien war. »Google«, sagte Jasper und wurde dabei rot. Nathan lächelte ihn daraufhin an. Jasper war letzten Winter 23 Jahre alt geworden, schien aber mit ihrem Altersunterschied kein Problem zu haben. Ob Nathan damit ein Problem hatte, würde er sich überlegen müssen. Die spontane Antwort lautete: Nein.

Am Ende gab Jasper Nathan seinen Pullover, den er zufällig in der Tasche hatte, und verabschiedete sich in die andere Richtung. So stand Nathan da, ohne Handynummer, doch umhüllt von Jaspers Geruch. Es roch trügerisch nach Ankommen.

Zu Hause, kurz vor dem Einschlafen, wenn der Kopf einen mit lang vergessenen Gedanken belästigen muss, erinnerte sich Nathan an eine Zeit, in der er sich gewünscht hatte, später eine Familie zu haben. Damals mit einer Frau und zwei Kindern, die tobend auf dem Sofa herumspringen würden, ehe er sie ins Bett brachte und ihnen etwas vorlas. Im Vergleich zu diesen Gedanken war er klein und allein in dem großen Bett in seiner gespenstisch riesigen Wohnung. Seitdem Jasper da war, begann er wieder an solche Trugbilder zu glauben. Er war sich nicht sicher, ob er es ihm übel nahm.

Nathan war bewusst, dass er mehr und mehr in die Beziehung mit Jasper hineininterpretierte. Die Frage aller Fragen war, ob es dem Jungen aus dem Café genauso ging.

Zu sagen, dass Jasper einen schlechten Tag hatte, wäre vergleichbar mit der Aussage, dass es gar nicht so viel Korruption im Bundestag geben konnte – eine Untertreibung. Eine der Kaffeemaschinen ging kaputt. Neben einer Universität hatte man, wenn man keinen Kaffee hatte, eigentlich gar nichts. Da Jasper der längste Mitarbeiter war – und insgeheim hoffte den Laden irgendwann zu übernehmen oder einen eigenen zu eröffnen – musste er ran. Außerdem kam hinzu, dass seine kleine Ausstellung im Rahmen einer Sonderveranstaltung des Werk 2 in Connewitz, dem linken Herz von Leipzig, bald stattfinden würde. Das war bislang das Größte, was er je mit seiner Kunst erreicht hatte. Er war aufgeregt und wollte unbedingt noch ein 140 x 200 cm Bild fertigstellen, was zwar möglich wäre, aber viel Zeit benötigte.

»Jasper, du machst dir zu viele Sorgen. Ich kann dich bis hier hin denken hören«, sagte Mila, als sie sich zum Mittag an einen freien Tisch setzten und in ihrer Pause zusammen Sandwiches aßen.

»Danke für deine unfassbar weisen und klugen Worte. Jetzt, wo du das gesagt hast mache ich mir einfach keine mehr. Megaguter Tipp.«

Mila schloss stumm ihre Augen für mehrere Sekunden und öffnete sie danach wieder. Sie überlegte kurz, ob sie Jasper darauf hinweisen sollte, dass ›wo‹ das falsche Wort in diesem Kontext war, aber entschied sich um.

»Dann reden wir halt über etwas anderes, was dich stresst«, sie nahm einen großen Biss von ihrem Sandwich, »Lädst du den Sugar Daddy zu deiner Geburtstagsfeier ein?« Jaspers Augen weiteten sich und er sah sich schnell im Café um. Niemand hatte sie gehört.

»Bitte nenn ihn nicht Sugar Daddy«, flehte er und verzog das Gesicht.

»Er kommt jeden Tag hier her und kann sich Matcha Latte für 4,50€ leisten und Kuchen und Cappuccino und... Er hat dich doch letzte Woche auch eingeladen.«

»Das heißt nicht, dass er ein Sugar Daddy ist. Das heißt es gar ni...«

»Jedenfalls«, unterbrach Mila den kleinen Einwand, »ist er ein älterer echt gut aussehender Professor. Lädst du ihn nun ein?« Jasper aß mit zuckernden Schultern endlich auch einen Bissen. Es passierte nicht selten, dass er beim Reden das Essen vergaß.

»Ich glaube nicht, dass er zu einer Geburtstagsparty gehen will«, schob Jasper in die Gesprächslücke hinterher. Was sollte Nathan da auch wollen? Er konnte ihn sich mit dem Bart undseinen Anzugjacken einfach nicht auf einer WG-Party vorstellen, bei der aus einem Eimer Moscow Mule mit langen Strohhalmen vom Boden getrunken wurde. Neben den Gesprächen im Café und diesem einem Abend war auch nichts zwischen ihnen passiert, sie waren – Ja, was eigentlich?

»Lad ihn einfach ein, was ist dein Problem?«

»Das will ich nicht«, er zeigte vage mit dem Sandwich in ihr Gesicht, »Nur, weil du die Feier veranstaltest und diese WG-Party daraus machen willst. Also lass es einfach. Bitte.« Er wollte doch nicht sein letztes Fünkchen Hoffnung mit Nathan für diese Party aufs Spiel setzten..

»Du musst ja nicht fragen, ich könnte das für dich übernehmen.« Sie grinste, während sie sich mit ihrer Serviette den Mund abtupfte. Jaspers Herz drohte, obwohl alles um sie herum ruhig war, zu explodieren.

Er konnte nichts darauf erwidern, da sie in dem Moment aufstand, sich ihre Tasche umwarf und aus der Tür ging. Es braucht kein Genie, um zu erraten wem sie direkt in die Arme lief.

»Hey Nathan!« hörte Jasper sie sagen, während er noch immer auf dem Stuhl saß und bereute je in eine Wohnung mit

Mila gezogen zu sein und ihr diesen Job verschafft zu haben. Fluchend ging Jasper auf die beiden zu und verschüttete dabei fast seinen Kaffee.

»Hast du dein Praktikum beendet?« fragte Nathan höflich. Jasper war perplex, dass Nathan sich noch an etwas erinnern konnte, was Mila nur im Vorbeigehen erwähnt hatte. Sie erzählte ihm, wie sie nun auch fest angestellt sei und Nathan schenkte ihr ein breites Lächeln.

»Ich habe für heute Schluss. Ach, Nathan, Jasper feiert nächste Woche Freitag seinen Geburtstag. Lass dir doch seine Adresse geben.« Damit ging sie und ließ die beiden zurück.

Studien einer jungen Liebe

Blumen ranken sich über deine Bluse
Könnten sich schlingen über deinen Hals
In deine Haare
Würden eine Krone formen, die du verdienst
Welche dir würdig wäre
So band ich sie aus Blumen zusammen
Den Moment an dem sich unsere Blicke trafen
Wob sie in dein Haar hinein
Jede Knospe jeden Zweig
Doch blühen kannst nur du allein
Du glaubst nicht an Kronen
Nicht an deinen Wert
Obwohl jeder Mensch weiß
Was deinen Kopf beschwert

Falsch verstanden

Rückblickend hätte alles anders laufen können. Einer der beiden hätte Fragen können, ob das ein Date war und der andere hätte geantwortet. Fertig. Keine Verwirrung. Als Leo also Friedrich sagte, dass er zu seinem Date los müsste, wäre ein guter Moment gewesen, um das Missverständnis aufzuklären, dass Friedrich dieses Treffen schon für ›das Date‹ hielt.

Es begann alles vor ein paar Wochen. Auf Grindr – wo auch sonst? Leo und er schrieben miteinander, tauschten Nummern, alles gut. Es war mehr als das typische Geteilte private Album, die kurze Konversation über Sex und zum Glück weniger als dieses gestelzte sehr höfliche Deutsch, das in Beleidigungen umschlägt, sobald du nicht ja sagst. Sie schrieben privat und Leo war witzig, nett und intelligent. Leo interessierte sich für ihn, nicht nur ob das oberkörperfreie Bild wirklich er war. Sie unterhielten sich über ihre Jobs und Hobbys und eins führte zum anderen, als herauskam, dass Friedrich ein Hobbyfotograf war. Sie verabredeten sich am Völkerschlachtdenkmal für ein erstes Date – so dachte zumindest Friedrich. Ein bisschen reden, ein paar Fotos von einem wunderschönen Mann bekommen, vielleicht etwas mehr. Friedrich kam überpünktlich an, lief aber an der S-Bahn-Station mehrmals auf und ab. Er war nicht sonderlich neu im Datinggame, nach 29 Jahren war eine gewisse Routine vorhanden, dennoch machte sich immer ein Stein im Bauch bemerkbar, der ihn herunterzog, bevor er jemanden neuen traf. Leo kam zehn Minuten zu spät aus der S-Bahn und lief händeringend auf Friedrich zu. Er hatte rote Wangen und seine Haare waren ein Vogelnest.

»Erst kam die Bahn zu spät … und ich hatte etwas zu Hause vergessen… aber, jetzt bin ich hier«

»Jetzt bist du hier«, grinste Friedrich und öffnete leicht seine Arme. Leo ließ seine Arme vorsichtig um den anderen Jungen gleiten. »Wow, du umarmst echt gut.«

Leo kratzte sich verlegen am Hinterkopf. Sie liefen die Treppen von der S-Bahn hoch und standen auf der Prager Straße. Danach gingen sie über den kleinen grünen Streifen, der schon zum Friedhof gehörte, und standen vor dem Völkerschlachtdenkmal.

»Und was denkst du?«, fragte Friedrich mit einem Seitenblick zu dem jüngeren Mann neben sich. Leo zuckte mit den Schultern.

»Ist ein Denkmal.« Leos Augen glitten über die steinerne Fassade und die Wasserfläche davor. »Ich muss wie der unkultivierteste Bastard überhaupt wirken.« Friedrichs Grinsen wurde weiter. »Ich komme damit klar. Es ist ja nur eines der größten in Europa mit 91 Metern.«

»Ich weiß, dass du dich auch nicht wirklich für Geschichte interessierst, also tu nicht so«, sagte Leo spielerisch.

»Du tust ja fast so, als würdest du mich kennen.«

»Nur ein bisschen, wenn man zwei Wochen fast ständig miteinander schreibt. Ich möchte anmerken, dass ich sonst echt nicht gut im Schreiben bin.«

»Ich weiß«, merkte Friedrich an, während sie vor der Umzäunung der Wasseranlage standen.

»Du tust ja fast so, als würdest du mich kennen«, grinste Leo zurück. »Okay, diese riesige Spiegelung im Wasser ist schon ziemlich cool. An was wird hier noch mal erinnert?«

»An die Völkerschlacht.«

»Großartig, vielen Dank. Jetzt weiß ich genau worum es geht«, Leo strich sich seine wirren Haare aus der Stirn. Friedrich zog sein Smartphone aus der Tasche, tippte etwas ein und las vor: »Die vom 16. bis zum 19. Oktober 1813 andauernde Völkerschlacht bei Leipzig brachte nicht nur den Sieg der Verbündeten Österreich, Preußen, Russland und Schweden über

Napoleon. Sie war mit weit über 500.000 Soldaten sowie mehr als 90.000 Toten und Verwundeten auch eine der größten und blutigsten Schlachten der europäischen Geschichte. Deutsche kämpften auf beiden Seiten.« Friedrich sah wieder auf »Außerdem habe ich mal gehört, dass die jedes Jahr oder so nachgestellt wird. Und Menschen in so Kostümen über eine Wiese rennen.«

»Wow, Männer in Uniformen. Klingt sexy, aber wie macht man aus, wer auf der Gewinner- und wer auf der Verliererseite ist?«

»Wer weiß, vielleicht werden sie gelost oder so.«

Sie gingen mehrere Schritte weiter und während Leo sich das Monument ansah, schoss Friedrich ein unerwartetes Foto. Das Klicken der Linse ließ Leo herum fahren »Hey!«

»Entschuldige, ich mag natürliche Fotos.«

»Deswegen machen wir auch ein geplantes Fotoshooting«, sagte Leo mit einem breiten Grinsen. »Es hat noch nie jemand Fotos von mir gemacht. Also so professionelle.«

»Professionell bin ich lange noch nicht«, Friedrich sah Leos Blick, »Aber freut mich, dass ich dein erster sein darf.« Leo sagte nichts darauf und sah sich weiter um, das Klicken der schweren Kamera ignorierend. Je näher sie dem Denkmal kamen, desto mehr konnte er die Steinfiguren der Krieger (oder waren es Soldaten? Wächter vielleicht?) ausmachen. Er hatte seine Brille zu Hause gelassen, denn für ein Date beziehungsweise Fotoshooting konnte er die breiten Gläser nicht gebrauchen. Leo drehte sich zur Kamera um und lächelte hinein, nur um kurz darauf seinen Kopf leicht wegzudrehen, als Friedrich eine Salve aus Fotos auf ihn losließ.

»Dein Lächeln ist superschön«, kommentierte Friedrich durch den Sucher und Leo verzog das Gesicht, unfähig etwas anderes zu tun. Auch davon schoss Friedrich Bilder.

»Ich weiß nicht so ganz was ich machen soll.«

»Verhalte dich einfach ganz natürlich«, versuchte Friedrich Leo zu bekräftigen, der ein »Hehe« von sich gab. Leo lächelte gezwungen und Friedrich ließ die Kamera wieder sinken. Sie gingen weiter um das Denkmal herum. Es ragte über ihnen und in dessen Schatten flanierten sie in den anliegenden Park des Südfriedhofs. Der gigantische Friedhof war nicht nur voller Gräber, sondern traumhaft bepflanzt, sowie voller kleiner Brücken vor schlossartigen Steingebäuden, die im richtigen Kamerawinkel fast magisch verwunschen aus einer lang vergangenen Zeit wirkten. Leo staunte nicht schlecht.

»Hast du nicht Bedenken auf einem Friedhof Fotos zu machen?«, merkte er an und sah sich um. Seine Augen hingen besonders lange an den Teichen mit den Entenfamilien.

»Nein.« Friedrich machte ein Bild davon, wie Leo sich um sah und der tat zumindest alles, um nicht zu offensichtlich auf die Kamera zu reagieren. Leo hatte noch nie Bilder von sich machen lassen und wollte seinen Verwandten jetzt, wo er aus dem Erzgebirge weggezogen war, Fotokalender von sich schenken, damit sie ihn wenigstens sahen auch wenn er nicht da war.

»Erzähl mir doch was«, forderte Friedrich auf und versuchte Leo zum Reden zu bringen, damit er die Kamera vergaß. Leo zuckte nur mit den Schultern.

»Du meintest, du erzählst mir von deiner letzten Beziehung. Zumindest meintest du beim Schreiben, dass man das real erzählen sollte. Du musst aber nicht.« Der letzte Satz war hektisch nachgeschoben. Leo nickte leicht und sah sich den See an, während sein erster Satz war: »Eigentlich ist es gar nicht so interessant. Ich habe meine Freundin...«, er kratzte sich am Kopf und verbesserte: »Ex-Freundin noch in meiner Heimat kennengelernt. Eigentlich fast noch in der Schule, aber wir haben uns erst richtig unterhalten auf der einen Dorfparty, auf der sie am Rand saß. Irgendein Idiot hat sie, ohne zu fragen angefasst und sich immer weiter aufgedrängt.

Ich hatte sie an diesem Abend gefunden und aus der Situation befreit, indem ich so tat als wäre ich ihre beste Freundin. Irgendwie hatten wir uns darüber gefunden. Als ob wir eine Lüge mit Wahrheit strafen wollten. Ihre Ausbildung beim Zoll war in Dresden, ich fing gerade das Studium in Leipzig an, alles war gut.«

Friedrich hatte weiter Fotos geschossen und sah sich nebenbei einige an, um zu schauen, ob er weitere Einstellungen ändern musste. Er hatte das Bedürfnis zu fragen was dann passiert war, aber schon im Chat ließ sich herauslesen, dass es Leo damit nicht gut ging.

»Ich glaube, ich hatte zum ersten Mal meine Familie glücklich gemacht, also mit der Beziehung zu Michelle.«

»Ich glaube, ich habe meine Familie noch nie glücklich gemacht«, warf Friedrich hinter der Kamera ein und fing Leos zustimmendes Grinsen ein.

»Ich hatte mich mit 15 als schwul geoutet und merkte erst um die Zeit von diesem Dorffest rum, dass es wohl doch eher bi oder etwas anderes sein musste. Sagen wir einfach, es ist nicht einfach auf sächsischen Dörfern.«

»Kann ich mir vorstellen«, ergänzte Friedrich mitfühlend, auch wenn er es sich eigentlich nicht vorstellen konnte.

»Meine Oma Lise hatte mir gesagt, dass ich sie zur glücklichsten Frau der Welt gemacht habe, als ich ihr von Michi erzählt habe. Alle anderen sprachen von Heilung oder davon, dass meine Phase vorbei wäre. Ich glaube jeder war stolz, dass ich nicht mehr der auffällige Junge war.«

Friedrich wollte erwähnen, dass Leo gar nicht auffällig wirkte, wollte aber sein Date nicht aus Versehen langweilig nennen.

»Was sollte ich Ihnen auch sagen? Nein ich stehe immer noch auf Männer und habe eine Obsession mit Harry Styles? Wenn Michelle und ich uns trennen, habe ich wieder Lust auf einen Schwanz? Ich verliere meine Sexualität nicht nur weil ich in einer ›hetero‹ Beziehung bin?«

»Oh, einmal«, Leo kam geradezu in einen Redefluss, »hat meine Mutter mich angehalten, warum ich mit einem furchtbaren Regenbogenbeutel rumlaufen würde. Diesen einen Jutebeutel, den jeder hat. Sie meinte, ich sehe verwahrlost aus. Und ich solle mal darüber nachdenken, was denn Michelle sagen würde. Was ich ihr damit antun würde, wenn ich immer rum erzählen würde, welchen Schauspieler ich heiß finde.«

»Was du ihr damit antun würdest?«, fragte Friedrich mit zusammengezogenen Augenbrauen. Leo nickte nur.

»Ja genau. Denn ich hätte ja damit nur klar gemacht wie viele Leute mehr ich zur Auswahl hätte, um sie zu betrügen.«

»Ah ja, genau. Welche Sexualität hatte denn Michelle, wenn ich fragen darf?«

»Sie hat sich da nicht wirklich gelabelt, eigentlich für romantische Beziehungen Männer und auf Partys hat sie immer mit ihren Freundinnen rum gemacht. Aber das zählte natürlich nicht.«

»Natürlich nicht«, sagte Friedrich verständnislos.

»Generell hatte sie mit meinem Labeling auch kein Problem. Hoffe ich zumindest. Ich glaube, sie hat nicht ganz verstanden, was mich an den Kommentaren meiner Familie so aufgeregt hat, aber sonst kam es nie wirklich zur Sprache. Eigentlich haben wir echt wenig über wichtige Sachen geredet.«

Friedrich schoss weitere Bilder, aber nahm für die nächsten Momente die Kamera herunter. Leos Stimme hatte einen Ton angenommen, welchen er lieber ohne Geräte zwischen Ihnen hören wollte.

»Am Ende hat sie mich betrogen. Was für eine Ironie.«

»Oh nein. Als ob. Das tut mir aufrichtig leid.«

»Alles gut«, sagte Leo nicht überzeugt. »Es war einfach… ich hatte es nicht erwartet. Klar ich hatte mich zurückgezogen und wir haben aneinander vorbei gelebt, aber sie hätte sich auch einfach vorher trennen können.«

»Definitiv.«

»Sie hat auch«, Leo sah sich mittlerweile zwischen den Nadelbäumen die imposanten Grabsteine an, »sexuelle Gründe vorgeschoben und – ich teile immer sehr viel, tut mir leid.«

»Überhaupt nicht. Ich meine wir haben uns über Grindr kennengelernt und du kennst viele Bilder von meinem Oberkörper und ich glaube, ich habe angegeben, dass ich beschnitten bin. Also hau gerne raus.«

»Na ja, ich hatte vor einem Jahr keine gute Zeit und habe mich gerade mit meinem Körper gar nicht wohl gefühlt. Auf jeden Fall hatte ich zwar sexuelle Lust und Lust es mir selbst zu machen«, Leo grinst zu sich selbst, »gerade für Endorphine und das ganze Gefühl, aber es war mir zu viel mit Michelle zu schlafen. Also nicht wegen Michelle, sondern generell. Der Gedanke, nackt zu sein und auf jemand anderen zu achten, wenn ich selbst nicht mit mir umgehen kann, war einfach nur supergruselig. Mich hat auch plötzlich allein die Vorstellung überfordert, dass mich jemand anfasst. Wenn ich es mir selbst mache, dann liege ich kurz da und mache dann mit meinem Tag weiter, aber dass eine andere Person involviert sein sollte, hat mich aus dem Nichts unfassbar gestresst.« Friedrich wollte den Jüngeren gerne umarmen, es erschien ihm allerdings unpassend.

»Du musst dich nicht entschuldigen. Natürlich gibt es solche Phasen und andere, in denen ich zum Beispiel gar nicht allein kommen kann. Aber deswegen muss man jemanden doch nicht verlassen. Da kann man doch andere Wege finden.«

»Wie gesagt, wir haben echt wenig geredet. Und ich meine, ich wusste auch nicht, wie ich es ansprechen sollte. Sollte ich als Typ nicht sowieso mehr Lust auf Sex haben?« Friedrich schüttelte seinen Kopf.

»Ich wusste nicht, wie ich darüber sprechen sollte. Eigentlich habe ich nur wiederholt, dass es nichts mit ihr zu tun hatte. Was ja auch so war. Ist auch egal. Das ist die Geschichte.«

»Wie ist es jetzt mit deiner Familie?«

Leo sah Friedrich überrascht an. Sein Blick schlich zwischen den Bäumen und Gräbern hin und her, die in dieser Reihe besonders oft mit Engeln verziert waren und fast so groß wie er selbst waren.

»Sie sind definitiv nicht glücklich, dass Schluss ist. Haben teilweise so was gesagt, dass ich als Mann ja auch für eine Frau kämpfen müsste und anderen Bullshit. Als ich gesagt habe, dass ich wieder Männer date, war es wie ein ganz neues Outing. Sie dachten wahrscheinlich ich hätte meine Phase überwunden.« Friedrich wusste nicht, was er sagen sollte. Er schoss ein Foto.

»Bei mir«, begann er, »war das Outing als schwul keine große Sache. Meine Großeltern wissen es jetzt nicht, aber das müssen sie auch nicht? Würde ihnen so oder so nicht erzählen mit wem ich schlafen würde.«

»Ah, also bist du eher darauf aus mit anderen zu schlafen?«, fragte Leo und zum ersten Mal schien er etwas schnippisch.

»Also. Ja, eigentlich ja. Also ich habe gerade einfach sehr viel Spaß, wenn meine Partner das auch wollen. Also wenn der Eine in mein Leben treten würde«, Friedrich sah Leo intensiv in die Augen, »dann würde ich mich auch darauf einlassen, aber das ist gerade nicht der Fall und ich habe echt gerne Sex. Also mit mehr oder weniger persönlichen Beziehungen dahinter.«

»Du musst dich nicht um Kopf und Kragen reden, ich verstehe das. Ich weiß nicht, welcher Typ ich in dem Fall bin. Aber du wolltest gerade von deiner Familie erzählen.«

»Ah ja, genau. Also an sich haben sie alles akzeptiert. Nur einmal habe ich einen trans Mann mitgebracht und sie konnten natürlich nicht verstehen, wie ich plötzlich auf Vaginen stehen kann. Ich glaube, das Konzept hat sie echt überrumpelt. Sie schienen es eher nicht so gut zu finden, dass man sein Geschlecht einfach ändern kann.«

»Einfach ändern, ja genau.«, fügte Leo trocken hinzu, »Man braucht ja hier in Deutschland nicht ein super langes psychologisches Gutachten und hat es sicher super einfach an den ganzen Sektsabinen vorbei auf die richtige Toilette zu gehen.« Sie waren mittlerweile an einem grauen Steinhaus angekommen, das niemand von Ihnen komplett einordnen konnte, an dessen Seite allerdings drei Kirchblütenbäume in imposanter Pracht standen. Leo ließ sich von Friedrich davor platzieren und Fotos machen. Als Leo um Hilfe bat, fragte Friedrich, ob er ihn anfassen durfte und bog seinen Körper in Posen, die seine Modelle gerne nutzten. Die Arme über dem Kopf zusammen, der Rücken durchgepresst und die Kieferlinie präsentierend, indem er seinen Kopf leicht zur Seite drehte. Friedrichs große Hände berührten Leo fest und beide spürten, wie nah sie einander waren. Auch wenn es mittlerweile um die 600 Bilder sein mussten, half Friedrich Leo gerne weiter jetzt, da dieser Geschmack am Posen gefunden hatte. Einen Moment lang hatte Leo das Gefühl als hätte ihn Friedrich gleich geküsst, aber eine sehr laute Krähe hatte ihn zusammenfahren lassen. Sie saßen gemeinsam auf einer Bank neben den Bäumen und sahen sich die Bilder an. Friedrich hielt die Kamera und Leos Kopf lag fast auf dessen Schulter, um mit auf das schwarze Display sehen zu können.

»Ich seh gar nicht so hässlich aus«., sagte Leo nach gefühlt jedem sechsten Bild. Friedrich stoppte kurz beim Blättern.

»Du bist auch nicht hässlich, du bist unfassbar schön.« Leo wusste einfach nicht, wie er darauf reagieren soll. Und wenn es Fingerpistolen waren, dann waren es Fingerpistolen und wir müssen nicht weiter darüber reden.

»Du bist auch echt heiß.«, sagte Leo und hätte es gerne diesen Moment wieder zurückgenommen. Von Friedrich kam ein »Danke« und er blätterte weiter als sei nichts gewesen.

Es dauerte gut eine halbe Stunde die Fotos durchzusehen. Leo fühlte sich urplötzlich schlecht Friedrich nichts dafür geben zu können.

»Möchtest du, dass ich auch Fotos von dir mache?«, fragte er lahm und Friedrich schüttelte freundlich den Kopf.

»Dafür haben wir uns ja nicht getroffen.« Zum ersten Mal herrschte bei diesem Treffen eine Stille und Leo sah kurz auf sein Handy.

»Oh, ich hab echt gar nicht gemerkt wie die Zeit vergangen ist.«, sagte Leo und stand ruckartig auf, als er einen verpassten Anruf auf dem Display sah. »Lass uns unfassbar gerne wieder treffen. Die Zeit mit dir war wunderschön. Ich habe das total verpeilt, aber ich komme zu spät zu meinem Date.« Er umarmte Friedrich stürmisch und schritt schnell davon. Friedrich – Ja Friedrich war fast erstarrt. Er war zu spät zu seinem Date? Aber das hier war doch sein Date? Oder hatte er da was falsch verstanden?

Richtiggestellt

Warum hast du nicht gleich gesagt,
dass du nichts von mir willst?

Das war die Nachricht, die Friedrich in sein Handy eintippte und wieder löschte. Er war in seiner Wohnung angekommen und hätte aus reiner Gewohnheit die gemachten Bilder auf seinem Laptop gesichert, aber ließ sich einfach aufs Bett fallen. Warum wollte Leo ihn nicht? Beziehungsweise warum wollte Leo kein Date? An sich war es natürlich in Ordnung, wenn Leo das nicht wollte, aber Friedrich hatte einfach noch nie einen Raum so falsch gedeutet. Gut, er hatte vorher auch noch nie ein Date auf einem Friedhof gehabt, unabhängig davon, ob jener eine schöne Parkanlage war oder nicht.

Er wollte Leo etwas schreiben. Wenn Leo nicht wollte, dass das Ganze ein Date war, was wollte er dann? Wollte er nur Fotos bekommen? So wirkte Leo nicht. Nicht der Leo, den er getroffen hatte. Friedrich konnte und wollte sich nicht vorstellen, dass der Jüngere alles gespielt haben könnte für so einen (sinnlosen) Grund. Das war alles zu viel. Er brauchte unbedingt eine Ablenkung. Sein bester Freund war schnell angerufen und auf den Rädern fuhren sie los. Von der Eisenbahnstraße aus über die Innenstadt bis auf die Kleinmesse an der Angerbrücke. Der Herbstwind riss an Klamotten und Haaren. Das Licht der Fahrgeschäfte war schon von der Arena aus zu sehen, das Riesenrad ragte aus den Bäumen heraus. Nachdem sie sich im Kaufland am Lindenauer Markt Bier geholt hatten, schlossen sie ihre Räder am Festplatz an. Bier und sich drehende Geschäfte waren sicher nicht die beste Kombination. Sie taten es dennoch. Auch wenn sie nach einer Runde Break-Dance beim Auto-Scooter hängen blieben. Vielleicht würde es später noch eine Runde Wilde Maus geben, die Achterbahn für Einsteiger, aber das war wirklich nur ein vielleicht. Freitag war auf der Kleinmesse Ladys Night, ein Tag an dem Frauen* (sehr schwammig) für jedes Fahrgeschäft und viele andere Dinge nur 1 Euro bezahlten. Frau sein hieß in diesem Fall Eyeliner und Lippenstift. Denn nur Frauen tragen Eyeliner und Lippenstift. Auch nur Frauen tragen anscheinend lange Haare, denn die meisten Menschen mit bunten Perücken durften auch den billigeren Ladys Tarif nutzen. Nicht nur einmal kamen an Friedrich und seinem besten Freund irgendwelche Pumper Mikes und Johannes vorbei, die mit Basecaps in allen Richtungen auf dem Kopf Sprüche drückten, dass sie sich nicht wie eine Pussy verkleiden würden, um weniger zu zahlen. Wäre ja auch super unmännlich und peinlich. Wenn eine Ladys Night mehr Frauen* auf die Kleinmesse locken soll, aber dann dort nur solche Macker sind, um diese aufzureißen (das ist natürlich das einzige Ziel) ist dieses Konzept doch ziemlich hinfällig. Friedrich und sein bester Freund hatten sich noch vor dem Festplatz geschminkt und nahmen sich bei der Hand. Die Sprüche von besoffenen Ottos äfften sie gemeinsam nach. Friedrich dachte kaum an Leo und versank in den blinkenden Lichtern und lauten Klängen. Musik war meistens ein weirder Mix aus Helene Fischer und Techno-Beats. Man kannte immer die Lieder, aber mitsingen wollte man dennoch nicht wirklich. Als beide aus dem Auto-Scooter nach der fünften Runde stolperten, drehte sich die Welt ein kleines bisschen schneller als sonst. Friedrich wollte seinem besten Freund zwar anfänglich einen Preis schießen, aber merkte schnell, dass er schwankend unterwegs war. Die kleinen Autos waren außerdem so ineinander geknallt, dass sein Kopf eine intensive Bekanntschaft mit einer Stange gemacht hatte. Entenangeln war die sicherere Option. Es war mittlerweile dunkel als Friedrich mit einer Angel in einem kleinen Pool voller gelber Plastikenten, welche an einer kleinen Öse am Kopf greifbar waren, angelte und eine nach der anderen hinauszog. Die Farben an der Unterseite der Ente wurden von einem Mann mit großen buschigen Augenbrauen sowie einer Schiebermütze mit Karomuster per Punktetafel zusammen gezählt. Der Mann reichte Friedrich eine violette Plastikrose und verzog kein Gesicht als Friedrich die Blume theatralisch überreichte. 23 Uhr schloss die Kleinmesse und als eine der Letzten stolperten die Beiden aus dem Gelände heraus. Friedrich hatte seine Brille nicht mit, aber hätte schwören können, dass er einen Jungen mit Leos Haaren an einem Punkt mit einem anderen Jungen an sich vorbeilaufen gesehen hatte. Sie radelten zurück und am Goerdellerring, der ehemaligen Stadtmauer Leipzig, welche jetzt ein ringförmiges Verkehrsnetz war, verabschiedeten sie sich voneinander. Friedrich radelte danach bestimmt langsamer. Sah sich um mit weiten Augen und blinzelte Tränen, die sich vom Fahrtwind bildeten, weg. Auf der Eisenbahnstraße war neben seiner Tür der Dönerladen seines Vertrauens. Er bestellte sich einen Döner mit allem, auch die eingelegten Sachen, und stieg damit die Treppen bis in den 3. Stock hinauf, zog sich in seiner Wohnung aus und legte sich mitsamt Döner und YouTube ins Bett... Friedrich konnte kaum mehr funktionieren, wenn nicht irgendetwas im Hintergrund lief. Es fühlte sich dann fast zu still an, fast zu persönlich. Der Döner war perfekt und er wollte eigentlich die Hälfte für morgen aufheben, aber der kleine Ball aus zusammengeknüllter Alufolie mit einzelnen herausgefallenen, eingeklemmten Salatblättern zeugte von seinem missglückten Versuch.

Am nächsten Morgen mit halb geöffneten Lidern, drehte sich Friedrich auf seinen Bauch und scrollte durch sein Handy. Seine Finger schwebten über Leos Kontakt, bewegten sich weg und klickten doch darauf. Er wollte gerade erneut anfangen irgendetwas zu tippen, als hinter Leos Name ein

›schreibt‹ erschien. Friedrich konnte mit dieser Anspannung nicht leben, schloss die App und scrollte durch Instagram. Sein bester Freund hatte ein Bild mit der gewonnenen Rose gepostet und darundergeschrieben, dass er sie von seinem allerliebsten Menschen habe. Seine Mutter hatte mal wieder ihren Garten fotografiert, sowie einen Igel im Laub hinten an den Mülltonnen des Grundstückes mit einem bunten Blatt als Caption. Sein Finger stoppte als eine Nachricht von Leo erschien auf dem oberen Bildschirm.

Leo:
Hey Friedrich, vielen Dank für gestern. Ich fand es mega schön dich kennen zu lernen und bin richtig gespannt auf die Bilder! Können wir sehr gerne wiederholen.

Friedrich starrte perplex auf das Display. Solange bis es kurz ausging und seine nicht abgeschminkten, verschmierten Augen im schwarzen Display ihn anstarrten. Er drückte es wieder an, machte einen Screenshot und schickte die aufgepoppte Nachricht seinem besten Freund. Dieser hatte anscheinend, bevor Friedrich aufgewacht war (es war 12.38 Uhr) diesen Morgen in Nachrichten eine Hasstirade losgelassen, warum er als non binärer Mensch seine Tage haben musste. Dazu kamen Bilder mit Wärmflasche und genervtem Blick. Friedrich schickte darauf hoffentlich mitfühlend aussehende Emojis und wartete bis seinen Freund zum Tippen kam. Doch der rief lieber an und Friedrich nahm ab.

»Was?«, damit meldete sich Friedrichs bester Freund, »Was soll denn diese Antwort?«

»Frag mich«, sprach Friedrich rau und kehlig seine ersten Worte des Tages und ließ seinen Kopf in das Kissen sinken.

»Vielleicht wollte er wirklich nur eine Freundschaft und wir haben alles falsch gelesen?«

»Ja vielleicht«, Friedrich öffnete nebenbei den ursprünglichen Chat auf Grindr und las ihn sich durch. »Ich meine man konnte mal tatsächlich was lesen, das ist bei der App ja nun doch eher selten. Dennoch hatte ich das Gefühl wir haben geflirtet.«

»Dude, du hast nur von seinem Gesicht geschwärmt und wie du es poetisch mit deiner Kamera festhalten möchtest und er hat gesagt, dass er eher gedacht hätte von jemandem wie dir werden Fotos gemacht.«

»Denkst du das ist flirten?«

»Du bist echt so dumm, Friedrich.«

Friedrich schnaufte in sein Kissen. Natürlich wusste er in der Theorie was flirten wäre, aber die wahre Kunst war ja, alle Zeichen richtig zu lesen und zu erkennen, wenn jemand mit einem flirtet.

»Weißt du noch, als deine Arbeitskollegin dir zu jeder Medikamentenkontrolle einen kleinen Smiley auf die Akten gemalt hat? Bis sie angefangen hat dir kleine Nachrichten zu schreiben und sogar kleine Geschenke zu machen?«

»Ist schon gut. Außerdem ist sie sechs Jahre älter.«, murmelte Friedrichs bester Freund.

»Das muss kein Problem sein.«

»Muss natürlich nicht, aber ich habe das Gefühl, dass es zwar in der Theorie sexy klingt aber immer, wenn ich etwas mit Älteren hatte, wollten sie schon viel eher Kinder und ein Haus und so Kram und dafür bin ich nicht bereit.«

»Du bist 28«, sagte Friedrich, so als könnte das irgendetwas daran ändern, dass er noch nicht bereit war.

»Du klingst wie meine Mutter. Die fragt auch fast täglich nach, wann ich jemanden mitbringe und ob ich nicht langsam Lust hätte eine Familie zu gründen. Sie sagt auch sehr bestimmt, ich müsse einfach mal meine Standards fallen lassen, sonst klappe das ja nie.«

»Das klingt so als denkt sie, dass du jedes Mal einen Stich in deinem Uterus verspürst, wenn du einen Kinderwagen siehst.«

»Ja wahrscheinlich. Sie denkt ja auch, dass ich selbst in mir Kinder will. Ich kann mich kaum um mich selbst kümmern, was soll ich da mit noch einem Lebewesen. Außerdem will ich das ja nicht mit irgendeiner Person.«

»Absolut nicht«

»Das Schlimme ist, dass ich ja immer älter werde. Es kommen also immer mehr Fragen. Kinder mit Mitte 20 Ende 30 ist so ein gefestigtes Bild, obwohl es kaum noch die Lebensrealität von vielen aus unserer Generation ist.«

»Stimmt schon«, murmelte Friedrich, der parallel nicht mehr mit dem Grindr Chat, sondern mit seinem und Leos WhatsApp Chat beschäftigt war.

»Adoptieren wäre sicher auch ganz schlimm. Mama denkt wahrscheinlich, dass wir eine wichtige Grafenlinie aus Sachsen-Anhalt in unseren Stammbäumen verwoben haben oder so.«

»Ja natürlich, wozu Kinder, wenn du dein Erbgut nicht weitergibst? Sie müssen ja dein Vermächtnis fortführen. Wegen so einen Mist hat sich mein Vater damals bei der Pflege seiner Schwiegermutter kaputt geschuftet statt einen Heimplatz zu finden. Jeder denkt, er schuldet jemandem irgendetwas.«

»Ich erinnere mich.«

»Was war das?«, fragte Friedrich geschockt als aus dem Hörer ein schmerzerfülltes Stöhnen drang.

»Es fühlte sich gerade kurz so an, als hätte jemand ein Messer in meinen Bauch gesteckt.«

»Oh scheiße, soll ich dir was bringen?«

»Alles gut, ich hole mir kurz Schmerztabletten aus dem Bad.«, Friedrich hörte Schritte und wenig später meldete sich sein bester Freund wieder.

»Ich hasse alles. Man fühlt sich, als wäre man ein aufgespießtes Schwein, aber klar Vaginen sind schwach«, Friedrichs Freund schnaubte verächtlich, »Ich wünsche mir manchmal echt Elektroden an andere Menschen anzuschließen, um sie das fühlen zu lassen.«

»Kann ich verstehen«, stimmte Friedrich zu, auch wenn er es noch nie erlebt hatte.

»Jedenfalls, was willst du wegen Leo machen?«

Friedrich zuckte mit den Schultern, erinnerte sich, dass er am Telefon war und ergänzte: »Ich weiß es nicht.« Er wusste es wirklich nicht.

»Willst du ihn denn darauf ansprechen?«

»Ich weiß es nicht«, Friedrich zuckte wieder mit den Schultern, »Was soll ich ihm denn schreiben? Ja war super schön und ich habe richtig Lust es zu wiederholen, aber diesmal als Date. So wie ich schon dachte unser erstes Treffen wäre ein Date? Mit wem hast du dich eigentlich auf ein Date getroffen? Warum hatten wir keins? War das besser?«

»Das letzte klingt ein bisschen nach stalken?«

»Okay«, seufzte Friedrich und wälzte sich mit dem Telefon in der Hand auf den Rücken.

»Aber ich denke dennoch du kannst ihm ehrlich zurückmelden, dass du dachtest, dass es schon ein Date war.«

»Ist das nicht komisch?«, fragte Friedrich mit einer Grimasse im Gesicht.

»Nein«, kam ein scharfer Tonfall aus dem Hörer, »Wenn du nicht von Anfang an offen kommunizieren kannst, dann könnt ihr es auch gleich lassen.«

»Du hast schon Recht«, räumte Friedrich ein, »Es ist nur alles so anstrengend.«

»Natürlich ist es anstrengend, aber du wolltest ihn ja auch mal mehr kennenlernen als Typen.«

»Ahh«, schrie Friedrich innerlich und nach außen frustriert. Sie einigten sich auf eine Nachricht. Ja, Friedrich musste zugeben, dass sein Freund recht hatte. Er hatte nichts zu verlieren, zumindest weniger, wenn er einfach ehrlich war.

Friedrich:
Hey Leo! Fand es auch mega schön dich kennenzulernen. War nur am Ende recht verwirrt. Ich dachte tatsächlich wir hätten ein Date? Also ich dachte zumindest das Treffen wäre eins und fand es auch etwas schade, dass es keins war. Falls ich das falsch interpretiert habe, tut es mir leid. Wenn du dennoch Lust hast mich wieder zu treffen würde ich mich freuen.

Das schickte Friedrich ab und ab da begann das Warten.

Als ob
war das erste was von Leos Seite zurück kam.

Leo:
Ich dachte du willst nicht, dass es ein Date ist. Sonst wäre ich super gerne auf ein Date mit dir gegangen.

Friedrich:
Warum dachtest du denn, dass ich nicht will, dass es ein Date ist?

Friedrich schaufelte mit zusammengezogenen Augenbrauen Cornflakes in sich hinein. Das Warten auf eine Antwort machte ihn fast verrückt. Er schaute keinen Tatort, aber wenn der Tatort dieses Spannungspotenzial hatte, sollte er damit anfangen. Auch wenn Tatort schauen die Kulmination des Deutschsein war.

Leo:
Oh wow. Ich dachte du bist einfach jemand der gerne fotografiert und der sich darüber etwas aufbauen möchte. Ich dachte

einfach nicht, dass jemand wie du mit jemandem wie mir ausgehen möchtest.

Danach schickte Leo drei schwitzende Smileys. Friedrich räumte seine leere Schüssel Cornflakes zum Einweichen in die Spüle. Friedrich wusste immer noch nicht, was er davon halten sollte und leitete alle Nachrichten an seinen besten Freund weiter. Menschen, die WhatsApp Konversationen ohne Hilfe bestreiten konnten, waren eine Klasse für sich.

Leo:
Ich weiß auch nicht. Dachte einfach du willst nichts von mir. Während des Gesprächs meintest du ja auch, dass du mit deinen Grindr Kontakten eher schläfst, und ich dachte ich falle nicht wirklich in die Gruppe?

Der Fakt, dass Leo zehn Minuten später noch mal eine Erklärungsnachricht hinterher schickte, beruhigte Friedrich auf eine gewisse Art und Weise. Er machte sich einen zweiten Kaffee, um zu funktionieren. Ja er sollte vielleicht seinen Konsum mal etwas zurückschrauben, aber nicht in so einer Situation.

Friedrich:
Ich weiß um ehrlich zu sein nicht mehr genau, was ich bei dem Treffen gesagt habe, aber ich meinte eher, dass es mich erfreut mal ein längeres gutes Gespräch zu haben mit dir. Das sollte nicht bedeuten, dass ich nicht mit dir schlafen würde.

Friedrich:
Okay, sorry. Aber ich verstehe echt nicht, wie du denken konntest ich will nichts von dir.

Friedrich:
Ich mein, was bedeutet denn jemand wie ich und jemand wie du.

Friedrich schickte, wenn er ein aktuelles Gespräch hatte, viele kleine Nachrichten ab anstelle einer langen Nachricht, um etwas zu klären. In seinen Kaffee machte er Kürbissirup, es war schließlich Herbst.

Leo:
Ah, du willst mit mir schlafen. Also vielleicht. Gut. Gut. Gut zu wissen. Bin ja nur am Hausarbeit schreiben. Gar nicht ablenkend. Und ganz ehrlich. Ich weiß es nicht, warum ich das dachte. Also ich dachte einfach echt nicht, dass du was von mir willst.

Friedrich:
Wie lief denn dein Date?

Er war gerade zum Zähneputzen übergegangen.

Leo:
Ehm. Ging so. Muss ich dir persönlich erzählen.

Friedrich:
Du würdest mich also noch mal treffen?

Leo:
Ja, sehr gerne.

Sie trafen sich im Abtnaundorfer Park ohne Kamera. Im Norden Leipzig war hier auf den großen Wald- und Wiesenflächen kaum jemand zu später Stunde unterwegs. Friedrich hatte den Geheimtipp von einer Kommilitonin, die in einem Stadtgebiet sehr nah an diesem aufgewachsen war.

Jetzt im Herbst waren in den dunklen Schatten der Bäume und Büsche kleine Leuchtpunkte am Himmel entdeckbar. Neben den Sternen, die man abseits der Großstadt beobachten konnte, tummelten sich auf den unzähligen Wegen im Dickicht zahlreiche Glühwürmchen. Leo hatte noch nie welche real gesehen und folgte den biolumineszierenden Tieren durch den Park bis hin zu der Schlossanlage. Leo und Friedrich fantasierten, wer wohl in dem Schloss leben könnte, und beim Gestikulieren rutschte eine Hand in die andere. Im Park gab es einen großen Teich mit einer Insel, die auch Liebesinsel genannt wird. Liebe war es bei Friedrich und Leo vielleicht noch nicht, aber wenigstens war ihr jetziges Treffen ein Date. Und das zählt zumindest irgendetwas.

Part 7

(M)EIN KÖRPER = (D)EINE MEINUNG?

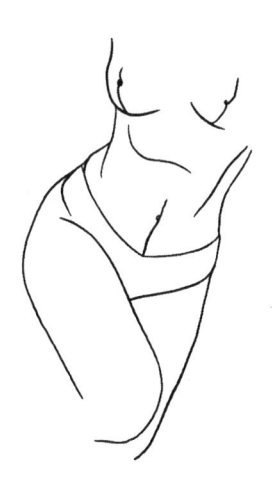

Verwaschen

Bloß nicht stehenbleiben.

Der Krampf kommt immer genau dann.

Einfach weiterlaufen und joggen.

Ich habe meine Laufstrecken getrackt. Ja ich bin so jemand, und ja, ich merke, dass ich, wenn ich blute, weniger leiste. Also bloß nicht stehen bleiben, denn dann kommt der Krampf. Kurz unter dem Bauchnabel, als wäre ein Stein in mir, der mit seinen spitzen Kanten das Fleisch in meinem Uterus aufreißt.

Der Weg auf den Fockeberg ist weder steinig noch lang doch wird er momentan sicher kein leichter sein. Unsichere Quellen[1] behaupten auch, dass der Fockeberg die nicht offizielle Bezeichnung der Trümmerkippe Bauernwiesen in der Leipziger Südvorstadt ist. Der asphaltierte Weg führt in Serpentinen auf der einen Seite auf den künstlich gemachten Berg[2] hinauf. Ich hatte schon viele Spaziergänge hier, einige Dates und bin rücklings eine der Schrägen, die ich als Abkürzung nutzen wollte, heruntergefallen. Dabei war es sozusagen ein Muss zu erwähnen, dass man gerade auf den Überbleibseln der Luftangriffe von Leipzig herumturnte. Heutzutage bepflanzt mit Laubbäumen und verbunden mit einem größeren Waldgebiet.

Ein leichter Nieselregen setzt ein, aber ich laufe weiter. Das Gefühl in meinem Bauch fühlt sich manchmal an als würde man vom höchsten Punkt der Achterbahn nach unten fallen, während der Haltergurt am Bauch einschneidet. Dennoch laufe ich weiter. Früher standen hier an der Seite des Weges

---
[1] Wikipedia
[2] Eher Hügel

Holzfiguren, jetzt sind hier nur noch Kreidezeichnungen von Kindern. Über eine kleine Sonne und einen Regenbogen mit nur fünf Farben geht es weiter in die nächste Kurve. Mein Schritt wird schneller, obwohl ich schon jetzt nicht gut atmen kann.

Der Regen wird stärker und meine Augen verengen sich als ich in den dunklen Himmel schaue. Zu Hause war es ein Debattierclub ohne Mitstreiterinnen. Nur ich mit mir selbst in der Konfliktfrage: Ich will rausgehen, denn ich habe das Gefühl nichts geschafft zu haben, aber draußen gehe ich nur dieselben Wege und kenne alles und es erscheint mir sinnlos rauszugehen, dann schaffe ich allerdings auch nicht die Dinge, die ich schaffen wollte, wenn ich nichts schaffe, fühle ich mich nutzlos, aber das würde ich ja für mich tun und mich bewegen und frische Luft ist gut, oh nein, jetzt ist es schon wieder später geworden – lohnt es sich überhaupt noch rauszugehen? Aber was mache ich dann draußen, aber hier drinne am Handy sitzen klingt auch furchtbar, ahh.

Jetzt bin ich fast oben und kann beobachten wie das Wasser von den Blättern die neuen Zeichnungen auf dem Weg langsam verwischt. Wenn Wasser auf Kreide trifft, fließt es gefärbt weiter und transportiert das Bild verzerrt an einen anderen Ort. Meine profillosen Stoffschuhe sind nicht geeignet, doch bringen mich irgendwie nach oben.

Auf der breiten Kuppe des Hügels ist niemand mehr. Alle anderen kamen mir schon entgegen. Jede Person hätte in den Wetterbericht schauen können, aber ich natürlich nicht. Im ersten Loch zwischen den Bäumen hat man einen guten Blick über die Skyline von Leipzig, vor allem in den Osten bis hin zum Völkerschlachtdenkmal. Einen freien Bereich weiter hat man einen Blick aufs Stadtzentrum, danach auf den Clara Park bis man am letzten bis zur Leipziger Neuseenlandschaft sehen kann.

Der tiefe Atemzug oben fühlt sich so tief an wie keiner seit Wochen. Mein Körper zittert etwas, trotz des Regens setze ich mich auf eine der steinernen Bänke, welche sonst als Abschirmung der Feuerstellen genutzt werden. Jemand hat mal zu mir gesagt ›Lass das Unwohlsein zu‹ und nichts anderes tue ich, genau hier, während ich sitze. Ich fange haltlos an zu weinen. Ich lasse zu mich unwohl zu fühlen wie nutzlos ich mich fühle, darüber was mir mein Vater neulich gesagt hat und darüber, dass ich das Gefühl habe keine Kontrolle mehr zu haben. Ich bin auf diesen verdammten Berg gelaufen. Dieser Berg, der ein Hügel ist, und mein Pullover ist komplett nass. Aber ich bin hier, genau hier. Auf der Steinbank und ich kann sagen: »Mir geht es furchtbar.«

Eigentlich bin ich die Meisterin im Verdrängen. Stopfe alles in ein Loch und lasse eine dicke Schicht Eis darüber gefrieren, so schnell ich kann. Doch dann kommt die Angst wegen der Dinge, die ich eingeschlossen habe. Was ist, wenn etwas versucht darunter zu atmen? So bohre ich Löcher und lasse es atmen, doch dieses Loch ist perfekt für das Herausschwappen gemacht. So blubbern die verdrängten Sachen alle auf einmal an die Oberfläche. Es gibt kein Objekt, um es zu verschließen. Man kann nur schnell eine neue größere Grube graben und befüllen oder weiter davor wegrennen und hoffen, dass schnell eine neue Eisschicht folgt. Wie viele Löcher es schon gibt, weiß ich selbst nicht genau, manche baute ich bereits in meinen frühsten Tagen. Doch mit jedem Loch kommt mehr hervor, sodass selbst Eis bricht. Sich unwohl zu fühlen, hilft nicht gegen das Loch. Hilft aber, dass sich nicht noch mehr Eis darauf bilden kann.

Vom Berg herunter tropfe ich. Den Weg zum Abstieg kann man über einen Waldpfad gehen, doch der Regen hat ihn aufgeweicht und ich habe keine Kraft mehr. Mein Körper läuft auf Autopilot – komplett erschöpft, doch zumindest leer. Zumindest leer. Denn es gibt keine Kraft jetzt zu graben. Die

Sonne und der Regenbogen sind fast vollständig aufgelöst. Kurz vor dem Ende kreuzt ein kleiner grüner Frosch meinen Weg. Ich bleibe stehen, um ihn zu betrachten und merke erst jetzt, dass die Unterleibskrämpfe stärker geworden sind. Kopfschmerzen hämmern in meinem Schädel und Fuck! Ich habe vergessen einen Tampon reinzumachen.

Das Zeichen

Mir wurde mal gesagt
Als ich vor Schmerz über gebeugt stand
Empfange deine Periode als ein Zeichen deiner Weiblichkeit
Ab da hasste ich weiblich sein
Denn weiblich sein hieß Schmerz

Mango

»Bea, das ist kein ja gewesen.«

»Ja, aber es war auch kein Nein«, rechtfertigte sich Bea aufrechtsitzend mit der Decke um ihren Körper.

»Nur weil es kein Nein gewesen ist, war es nicht automatisch ein ja.«

»Irgendwann habe ich sicher ja gesagt«, versuchte es Bea erneut und sah verzweifelt zwischen ihren Freundinnen Theresa und Kira hin und her, welche schon eine ganze Weile zusammen waren. Kira saß in dem grünen Sessel gegenüber von der Couch und hatte neben sich eine Tasse Kaffee stehen mit einer Zuckerstange darin. Der Pulli von Kira war gestrickt und mit Elchen versehen, welche sich – nennen wir es liebkosten. Das ganze Wohnzimmer war schon festlich dekoriert und ein sanfter Rotton erhellte die Gesichter der Frauen. Theresa saß mit Bea auf der Couch und hatte ein rotes Band in ihre Haare eingeflochten.

»Nachdem dich Jakob bedrängt hat,«, begann Kira wieder.

»Ich weiß nicht, ob das bedrängen war.«

»Du hast gesagt, du hattest keine Lust auf Sex und wolltest nicht mit ihm schlafen. Du hast dir Nähe gewünscht und ihm das gesagt, aber er wollte keine Nähe, nur Sex. Er hat immer wieder gefragt und immer wieder angefangen bis ihr miteinander geschlafen habt und dich den nächsten Tag ignoriert. Das ist Gaslighting auf höchstem Level.«, sagte Kira und sah zerknirscht aus ihrem Sessel gegenüber der Couch auf Bea.

»Du hast sogar gesagt, er hat dich beschuldigt ein Problem mit körperlicher Nähe zu haben, weil du immer nach Aufmerksamkeit bettelst, aber dann keinen Sex willst. Das ist Bilderbuch Manipulation.«, merkte Theresa an. Auch sie sah Bea hilflos an. Bea war zu einem gemütlichen Abend bei ihren Freundinnen vorbeigekommen. Kira hatte sie in ihrem ersten Uni-Jahr kennengelernt. Eigentlich war sie auch vorbei gekommen, um ihre aktuellen Probleme zu besprechen und zugegebenermaßen keinen Abend allein zu verbringen. Es ging ihr nicht gut momentan, aber wiederum auch nicht so schlecht, wie es Kira ging. Kira hatte seit Anfang an offen über ihre mentalen Probleme und ihre Sexualität gesprochen. Nein, diese beiden Dinge hatten nichts miteinander zu tun. Wenn diese beiden Dinge etwas miteinander zu tun hätten, dann wäre die Gesellschaft schuld. Nicht selten redete sie mit Kira allein über Therapiefortschritte und wie Theresa mit Kiras Krankheit umging.

»Also ja, sein Verhalten war blöd, aber meine Datinggeschichten sind doch alle so. Das klingt eher nach einem Ich-Problem.«

»Es gibt kein Du-Problem.« Kiras Stimme wurde lauter. »Du bist halt echt an furchtbare Typen geraten, die ihre Privilegien keinen Moment hinterfragen mussten.«

»Es klingt alles so einfach aus deinem Mund«, murmelte Bea und betrachtete ihre Fingernägel, »Aber es ist immer und immer wieder derselbe Kreislauf. Immer und immer wieder scheint irgendetwas zu enden, weil ich versuche von Anfang an zu kommunizieren und weiß was ich will, aber alle anderen erst mal schauen wollen und ach keine Ahnung.«

Bea kaute auf ihren Fingernägeln und konnte nur schwer das Gefühl unterdrücken sich naiv zu fühlen. Theresa warf Kira einen Blick zu und sprach schnell weiter.

»Wie ist denn der Kontakt mit Jakob jetzt?«

»Er meldet sich nicht mehr.«

»Na toll, erst will er unbedingt Sex und dann zeigt er einem die kalte Schulter, manche Männer haben echt keinen Plan was sie auslösen«, Kira rührte angestrengt mit der Zuckerstange in dem Kaffee herum. Vor dem Fenster schwankten die Äste der leeren Bäume durch einen Windstoß vor dem dunklen Abendhimmel hin und her.

»Wie geht es dir denn damit?«, versuchte Theresa nach Kiras Beitrag einzugreifen.

»Scheiße halt. Auch Henning mit dem ich ab und zu geschlafen habe, der eigentlich gesagt hat, er möchte keine Beziehung im Moment, ist jetzt mit so einer Ische zusammen.«, Bea goss sich eine Tasse Kräutermischung ein.

»Jeder findet halt momentan jemanden. Ich hab einfach das Gefühl, ich verpasse Dinge. Jedes Mal, wenn ich denke ich habe jemanden gefunden passt es entweder von seiner oder von meiner Seite nicht. Ich habe Probleme mich einzulassen und versuche von Anfang an offen zu sein, aber was bekomme ich zurück? Ghosting. Schreibt doch wenigstens, wenn man's nicht fühlt oder kein Interesse hat, aber einfach ignoriert zu werden ist so ein Arschlochmove. Aber wenn man das dann offen anspricht ist man von Anfang an panisch und anhänglich, das ist doch alles furchtbar. Ich wünschte, ich könnte meine beste Freundin daten.«

»Du kannst deine beste Freundin daten«, sagte Kira an der Zuckerstange saugend.

»Du weißt was ich meine. So als Typ, will ich etwa zu viel?«

»Absolut nicht. Alles was du beschreibst ist komplett verständlich. Das tut mir auch echt leid, weil es einfach super scheiße ist«, erwiderte Theresa.

»Können wir erst mal über etwas anderes reden als über mein bekacktes Liebesleben?« Bea trank darauf einen großen Schluck Tee und beschäftigte sich dann wieder mit ihren Fingernägeln. Als hätte sich ein Schalter in ihrem Kopf umgelegt, war es ihr von einem auf den anderen Moment zu viel geworden über sich selbst zu reden.

»Habt ihr schon das über Jessica gehört?«, versuchte Kira ein neues Thema einzulenken. Zugegebenermaßen tauschte Kira auch viel zu gerne Tratsch aus.

»Die in so ein Schneeballsystem gerutscht ist und jetzt versucht irgendwelche Fruchtkapseln zu verkaufen, welche fürs Abnehmen, Zunehmen, Nerven und Energie geben gut sind und wahrscheinlich auch Depressionen heilen?«, fragte Bea, obwohl sie die Antwort genau kannte.

»Ja genau. Die war letztens mit beim Essen in der Mensa am Petersteinweg dabei und hat erzählt, dass sie so einen neuen Typen getroffen hat.« Theresa stöhnte. Alle drei kannten Jessica aus verschiedenen Semestern, obwohl Theresa sie nur über Kira kannte, aber das war ihr schon meist zu viel. Seit neusten war sie in einem Schneeballsystem gelandet, welche Fruchtkapseln zum Abnehmen verkauft. Warum auch immer war Jessica immer in einer Vorlesung oder Übung von ihnen gewesen und wenn man den Fehler gemacht hatte ein nicht ernst gemeintes: ›Na wie geht's?‹ am Anfang der Veranstaltung zu stellen, wurde einem von einem Drama ohnegleichen erzählt.

»Jedenfalls hat sie das ganze Mittagessen über erzählt und in der ›Britische Geschichte 2‹-Vorlesung«, Bea sagte nur sehr trocken: »Klassiker«, »Sie hat so einen Typen von Lovoo getroffen, namens Paul oder so, und ist gleich mit zu ihm.«

Theresa verdrehte die Augen, wer ging denn gleich mit jemandem nach Hause? Aber gleichzeitig wusste sie, dass Bea dies tat und wollte sich nicht zu sehr darüber echauffieren.

»Sie wollten wohl einen Film schauen – weil das sicher besser als reden ist – und sie hat 365 Tage vorgeschlagen? Das ist ein Film über einen Dude, der eine Frau entführt und sie zwingt sich in ihn zu verlieben. Natürlich ohne Konsens. Natürlich ist das Jessicas Lieblingsfilm.«

»Warum wundert mich das so gar nicht?«, ergänzte Bea.

»Der Typ hat es auch nicht so gefühlt und fand es ziemlich taktlos – was Jessica natürlich nicht verstanden hat. Sie haben aber dennoch gekuschelt auf der Couch. Sie wollte ihn zwar nicht küssen, aber er hat ihren Mund so unten am Kinn festgehalten und gedreht.«

»Bah! Das klingt einfach als würde er Ware anschauen«, Theresa machte die Bewegung bei Bea nach und Bea bewegte ihren zusammengedrückten Mund auf und zu wie ein Fisch.

»Und dann war es natürlich doch ganz schön. Er hat zwar ganz schön doll in ihre Lippe gebissen, aber irgendwie gefiel ihr das Harte auch. Zwischendurch hat er sie auch gewürgt, zumindest hatte sie ein paar Spuren am Hals, welche sie uns auch gleich gezeigt hat, weil er sich Zitat: ›Einfach nicht so gut im Griff hatte‹. Aber es war natürlich auch unfassbar heiß, dass er sie so sehr wollte. Er hat übrigens ein Kind und ist bei der Polizei, nur so als Nebeninfo. Ab einem Punkt hat er sie dann massiert, fand ihren BH hässlich, aber sie haben trotzdem weiter rumgemacht. Sie meinte, es fühlte sich an als hätte jemand ein Feuerzeug angezündet und der ganze Raum hätte gebrannt im Feuer ihrer Leidenschaft.«

»Ich glaub, ich kotz gleich«, sagte Bea vor einem Schluck Tee.

»Na Schatz, wenn wir rummachen, ist es eher als würde ein Lauffeuer den ganzen Block hochjagen, oder?«

»Bitte hör auf Theresa«, sagte Kira mit einem gefälschten Lachen.

»Ich kann zum anderen echt nicht fassen, wie ein Mensch, der 26 Jahre alt ist, so naiv sein kann?«, warf Theresa ein.

»Du meinst, weil sie wirklich glaubt es gibt feste Rollen, Männer sollten Frauen anflirten und den ersten Schritt machen, denn das dürfte sie ja nicht? Oh apropos. Er hat die Nacht dann nicht bei ihr verbracht, denn nachdem sie ihm einen geblasen hat, fiel ihm um drei Uhr nachts ein, dass er noch seinen Sohn ins Bett bringen muss.«

»Das hat sie aber doch nicht wirklich geglaubt?«, warf Bea ein und es wurden nur traurig Köpfe geschüttelt.

»Das Ganze ist auch schon ein bisschen her und sie hat Franz, nein Paul, auch wieder gesehen, aber alles lief ungefähr gleich. Sie hat ihn getroffen, hat ihm einen geblasen und dann musste er los. Aber sie ist natürlich unsterblich verliebt in den Typen. Das, was sie eigentlich erzählen wollte, ist, dass sie bei ihm in der WG war und sein Mitbewohner ihn Franz genannt hat. Später hat sie ihn dann per Chat gefragt, ob das sein richtiger Name ist und er hat nur so ein Schulterzuck-Emoji geschickt. Sie rätselt nun, was es heißt, findet es aber generell gut, wenn er manchmal so sexy mysteriös ist.«

»Das darf doch echt alles nicht wahr sein.« Theresa raufte sich die Haare.

»Sie rätselt vor allem was das heißt? Entweder er lügt dich an oder sein Name ist ihm peinlich, als ob er das nicht sagen kann. Wahrscheinlich schreibt sie ihm auch, was er macht und er antwortet so etwas wie chillen oder schickt einfach nur ein Bild von einem Buch.« Kira stellte die leere Tasse auf den Tisch.

»Hahaha«, mischte sich Theresa ein, »ich komme echt einfach nicht klar. Ich meine merkt sie nicht, dass der Typ sie nur ausnutzt?«

»Ich weiß es echt nicht. Vielleicht glaubt sie, dass sich Beziehungen zwischen Menschen so anfühlen müssen? Ich verstehe es nicht. Außerdem war in dem Studentenzimmer kein Bett seines Sohns, obwohl er sagt er ist alleinerziehend. Kann halt alles ein Fehler sein, aber am Ende hat er das Kind einfach auch erfunden, vermute ich mal. Aber das war nicht der eigentliche Grund. Oh nein. Jessica hat eine Theorie für den wahren Grund. Der eigentliche Grund war natürlich, dass Jessica nicht rasiert war. Und das ›turnt ja Männer ab‹«, Kira machte Anführungszeichen in die Luft und schmiss dabei fast ihre halb leere Tasse um.

»Bitte was?«, fragte Theresa unnötig und Bea warf ein: »Okay, solche Probleme habe ja nicht mal ich.«

»Also, eh.« Theresas Blick zuckte verzweifelt zwischen ihrer Partnerin und Bea hin und her, »Klar hat man Präferenzen, aber als ob jemand nicht mit dir schlafen will wegen deiner Vulvafrisur? Solange alles hygienisch ist? Ich mein, ich finde es zum Beispiel komisch, wenn jemand super glatt ist? Dann komme ich mir eher vor als würde ich mit einem Kind schlafen.«

»Oh total, obwohl manchmal beim Lecken auch lange Haare echt störend sein können, aber eher vom praktischen Aspekt her«, überlegte Kira.

»Ich bin auch unfassbar schlecht im Rasieren«, schaltete sich Bea ein. »Man bekommt Pickel und hat Angst sich zu schneiden und vergisst Haare? Danach juckt alles und Haare, die nachwachsen sind klein, hart und stachelig. Ich trimme lieber, aber dann muss man für einen ordentlichen Trimmer auch wieder Geld bezahlen.«

»Ich mache eigentlich gar nichts außer manchmal. Ich wollte mal Waxing probieren, aber habe auch zu viel Angst? Außerdem weiß man eh nie, wie die Person gegenüber das möchte und ist sich immer unsicher«, sagte Theresa.

»Ich hatte vor dir mal diesen Typen«, schaltete sich Kira mit Blick auf ihre Freundin ein, »der überrascht war, dass Frauen Haare haben? Er dachte ich wäre ein ›Zwitter oder etwas anderes komisches‹, weil ich Haare an den Achseln und Beinen habe. Und das haben Frauen ja nicht, das weiß er, denn er hat mit vielen Frauen geschlafen und keine von denen hatte das. Frauen haben biologisch sicher eigentlich keine Haare«

»Ich kann nicht«, kommentierte Bea mit geweiteten Augen. Sie wusste nicht, ob sie lachen oder weinen sollte.

»War das nicht auch der, der meinte, wenn zwei Frauen miteinander schlafen und einen Dildo benutzen, können sie doch gleich mit einem Mann schlafen?«, fragte Theresa und Kira nickte nur.

»Als ob«, Bea bekam langsam einen roten Kopf, »Im 21 Jahrhundert könnte man anfangen darüber nachzudenken, dass Penis nicht gleich Mann bedeutet.«

»Wie man auch einfach davon ausgeht, dass Lesben einen Penisersatz brauchen.«, warf Theresa grimmig ein, »Denn nur Penetration ist wirklich Sex. Alles andere ist natürlich kein Sex. Ist klar.«

»Es gibt ja echt Menschen, die denken das Oralsex oder Handjobs nicht als Sex zählen und man dann nicht miteinander geschlafen hat.«

»Das Sexleben klingt schon vom Hören sehr, sehr traurig.«, erwiderte Kira auf Beas letzten Satz, »Ich mein, natürlich stimmt das nicht immer und es geht nicht nur um Orgasmen, aber bei Lesbensex fallen schon öfters mal drei bis mehr Orgasmen. Aber natürlich ist das kein richtiger Sex. Na sicher ist das ›kein richtiger‹ Sex.«

Kira warf einen Blick Theresa zu und diese grinste.

»Das sind halt auch sicher dieselben Menschen,«, sprach Kira weiter, »die dann aber Selbstbefriedigung als Sex ansehen. Also natürlich ist es Sex, aber es ist ein Unterschied, ob ich masturbieren oder Sex haben will, zumindest für mich. Ich mein, du weißt ja, dass ich mein Coming Out als asexuell hatte, aber seitdem ich Antidepressiva nehme, habe ich auch Lust auf Sex, auch mit Theresa, nur einfach nicht mit anderen Menschen. Aber dennoch habe ich oft keine Lust auf Sex, sondern es mir selbst zu machen?«

Kira hatte wie immer Angst zu viel zu teilen, aber sah in Beas Gesicht nur Aufmerksamkeit und sprach deshalb weiter.

»Ich will dann vielleicht das Gefühl von einem Orgasmus, aber nicht die ganze körperliche Nähe. Dann dauert es auch so lange, alles wird feucht und vielleicht ist man selbst voll fertig, aber der Partner ist es noch nicht und dann muss man sich wieder aufrappeln und man kann nicht aufstehen und weiterarbeiten und bäh.«

»Romantisch.«, sagte Theresa mit einem leichten Lächeln, »Aber ich verstehe schon, wenn ich immer so viel squirten würde wie du, dann wäre mir das glaube ich auch schnell zu viel.«

»Du kannst squirten, Girl?«, fragte Bea beeindruckt. Sie wollte dies schon seit mehreren Jahren schaffen, aber es schien bei ihr körperlich nicht zu gehen. »Können und wollen sind hier dehnbare Begriffe.«, sagte Kira grimmig, »Du glaubst nicht wie viele Männer dachten ich pinkle sie an oder nicht geglaubt haben, dass Frauen ejakulieren können. Ich kann das leider nicht stoppen und muss so oft meine Laken wechseln. Deshalb haben wir auch kaum Handtücher. Es ist für mich fast nur anstrengend, denn die kleinste Berührung wird bei mir zu einem kleinen Springbrunnen.«

»Noch mal auf das Sexthema zurück: Wie viele Männer auch denken, dass nur durch den Anblick ihres Penis feucht genug werde. Hallo? Ich muss etwas vorbereitet werden?«, Kira goss sich mehr Tee ein und verschüttete dabei eine kleine Portion neben die Tasse. (Spill the tea, war angebracht.)

»Dieser eine, Frederik oder so, war ja auch einfach ultra verletzt, weil er mich nicht zum Kommen bringen konnte. Ich meine, manchmal kann ich das selbst nicht und es hat noch nie anders als mit einem Rabbit Vibrator funktioniert. Es hatte echt nichts mit ihm zu tun, aber sein Ego kam damit nicht klar, was auch einfach super viel Druck auf mich aufgebaut hat. Also, dass ich das Gefühl hätte, ich müsste kommen, aber es ging einfach nicht.«

»Fühle ich sehr Bea.«, sagte Theresa und Kira nickte.

»Ich komme ja von fast allem,«, warf Theresa ein und Kira leckte sich über die Lippen, »aber deshalb wird es mir auch schnell zu viel. Auch dieser – wie hieß der noch mal Schatz?«

»Satisfyer.«

»Ja genau, der Satisfyer ist mir schon echt zu ballernd.«

»Ich liebe ihn einfach.«, kommentierte Bea und Kira stimmte zu.

»Ich bestelle ja auch gerne so komische Sextoys«, warf Kira ein, »und letztens bin ich über eine Anzeige gestolpert, eher ein Produktvideo, bei dem der Vibrator so drehend ins Bild geflogen ist, dann kam eine Explosion und danach schlecht gephotoshoptes Feuer aus der Spitze und danebenstand ›#warm wie echte Penis‹. Ich habe ihn bestellt, aber er war gar nicht warm wie ein echter Penis, superärgerlich.«

»Warum will man das eigentlich?«, fragte Bea skeptisch.

»Keine Ahnung, vielleicht damit es sich echter anfühlt oder so. Aber einfach diese Aufmachung mit dem Feuer war so absurd. Willst du ihn sehen?«

Bea nickte: »Ja unbedingt. Mir ist gerade noch eingefallen, so ein Typ, nennen wir ihn Paul, war auch einfach so gestresst, wenn ich meine Tage hatte, also dass ich meine Tampons in seinen Badmüll werfe? Ihr glaubt nicht, wie schnell ich von dem weg bin. Natürlich ist Blut nicht geil, aber ist nicht so, als könnte ich das kontrollieren. Vor allem hab ich immer verdammte Schmerzen am ersten Tag und denke ich verblute, aber alles klar, du ekelst dich. Oder dass man nach dem Sex pinkeln muss, weil man einfach keine Harnleiterinfektion will, ist ja auch super unromantisch. Oder, oh pupsen, weil du die ganze Zeit mit deinen Fingern in mir wie ein Wilder in alle Richtungen, aber so was ist dann superekelig«, sprach Bea weiter.

»Ich hatte ja auch nur wegen meiner Regelschmerzen die Pille angefangen, was so oder so mega unnötig war, denn meine Brüste wurden dafür einfach nur größer und ich hatte kaum mehr Lust auf Sex. Aber ich hatte mich auch mal mit jemandem unterhalten, kurz nachdem ich den Tampon in mir vergessen hatte und deshalb in der Notaufnahme im Uniklinikum war und er war nur verwirrt, denn ich hätte doch die zwei Tage, die ich ihn vergessen hatte, sicher mal pinkeln müssen.«

Kira lachte schallend, während Bea nur das Gesicht verzog.

»Das sind wahrscheinlich ähnliche Menschen, die überzeugt davon sind, wir denken uns die Regelschmerzen und Stimmungsschwankungen nur aus. Hauptsache, wir sind das schwache Geschlecht. Der erste Gedanke nach ungeschütztem Sex geht halt bei Menschen mit Vagina immer daran, schwanger zu sein, obwohl es auch so viele verdammte Krankheiten gibt. Wir sind wortwörtlich einfach nur gefickt.« Daraufhin exte Kira ihr Getränk.

»Zum Thema gefickt. Ich bin zum Beispiel auch einfach jedes Mal gestresst, wenn ich vor jemand Neuem nackt bin«, sagte Bea begleitet von einem großen Schluck Tee. Draußen lag der gegenüberliegende Wohnblock nun in völliger Dunkelheit.

»Es ist auch so gruselig sich vor jemandem auszuziehen. Ich habe, seit ich die Pille gegen meine Regelkrämpfe genommen habe, komplett sinnlos übrigens, auch überall Dehnungsstreifen. Ich habe das Gefühl ein einziger Dehnungsstreifen zu sein und fühle mich auch nicht sexy damit«, fügte Theresa hinzu und Kira bestritt die letzte Aussage.

»Ich fühle mich aber leider einfach nicht sexy, auch wenn du mich schön findest? Auch die Gesellschaft meldet es mir anders zurück. ›Asiaten müssen doch dünn sein‹, in den normalen Fast Fashion Geschäften gibt es meine Größe nicht, aber es geht eh nur bis zur 42, wenn überhaupt und meine Eltern schicken mir immer nur meine Abiballfotos und sagen so etwas wie: »Da warst du noch schön.« Da war ich ja nur auf dem Höhepunkt meiner Essstörung, aber alles gut, alles klar. Es hat sich zu der Zeit ja auch nur angefühlt, als ob ich nicht mehr ich, sondern nur meine Krankheit wäre, aber genau Mama, da sah ich natürlich besser aus.« Es herrschte kurz Stille und Theresa entschuldigte sich ohne wirklichen Grund.

»Wie ging es denn bei Jessica weiter?«, fragte Theresa und Kira musste vor dem Sprechen länger nachdenken, wo sie vorhin stehengeblieben waren.

»Jessica ist natürlich sowieso unsterblich verliebt, aber es hat sich noch ein weiteres Manko ergeben.«

»Hast du gerade Mango gesagt?«, fragte Theresa lachend. Kira schüttelte den Kopf und fand es ziemlich passend, dass Jessica Mango sagen würde.

»Ein großes Manko ist, dass sie aber nie eine Beziehung mit ihm führen könnte. Nicht, weil sie nicht will, sondern, weil er, wenn sie Absatzschuhe trägt, zu klein wäre.«

»Bitte was?«, sprach Bea aus, was alle dachten.

»Lass mich das noch mal festhalten.« Theresa saß kerzengerade. »Der Typ, der sie nach jedem Blowjob wegschickt und über seinen Namen lügt, hat als größtes Problem, dass er, nicht wenn sie einfach nur nebeneinanderstehen, sondern wenn sie bestimmte Schuhe trägt, zu klein ist?«

Kira nickte.

»Das ist? Ich meine, sie sagt sie sei in ihn verliebt aber das ist das Problem?«, Theresa war fast sprachlos, aber eben nur fast, »Ich meine, ich verstehe, wenn man Präferenzen hat und echt gut, dass sie nicht mit diesem Kerl zusammen sein will, auch wenn ich es ihr echt zutraue, aber dann ist das Problem seine Größe? Ich meine, stell dir vor er hätte das gleiche Geschlecht, unglaublich. Unglaublich. Was haben manche Heteros eigentlich für Probleme?«

Anscheinend eine Menge.

Der kleine Punkt war nicht genug
Wolltest wachsen und gedeihen
Tiefe Furchen in mich graben
Mich zerteilen und verweilen
Du hast Narben hinterlassen
Und arbeitest schon an neuen
Noch sind sie rot fast lila schon
Wenn ein halbes Jahr bald ist
Bald in einem anderen Ton
Nur wenig hast du verschont gelassen
Sehr früh dir Beine und Hüften erobert
Danach kamen Brust und Arme dran
Mein Bauch ist gezeichnet
Von deinem Reißen und ziehen
Jede Aufklärung hat dazu geschwiegen
Selbst muss ich lernen mich zu lieben
Doch die Angst besteht
Dass du mit deiner Harke weiter Furchen ziehst

Dehnungsstreifen

Part 8

ZWISCHEN FREUNDSCHAFT UND BEZIEHUNGEN

Vergessen

Nicht jetzt und nicht bald
Vielleicht irgendwann
Habe ich vergessen, dass es dich gibt
Habe ich vergessen, wie du mich hast fühlen lassen
Bist du nicht mehr die letzte Ex-Freundin
Vielleicht nicht mal die vorletzte
Wenn ich dich vergessen habe
Dann nicht aus Hass
Nicht aus Liebe
Aus Gleichgültigkeit
Wenn überhaupt

Flieder

Flieder auf das Grab
Wir haben darüber gesprochen
Denn es hält Spinnen fern
Wir haben darüber gesprochen
Wir sprechen über Tod
Sprechen über Gedanken
Ich hoffe ich werde kein Flieder legen müssen
Will doch auch nicht, dass du welchen auf mich legst

Nasen an die Scheiben pressen

»Schau mal aus dem Fenster«, hatte Eva ausgerufen und Nora tippte noch den letzten Satz zu Ende ehe sie aufsah. Beide hielten gebannt inne. Nebel war in dicken weißen Schwaden aufgezogen, darin fielen dicke weiße Flocken. Es war der erste Schnee in diesem Jahr. Der erste Schnee in diesem Winter.

Es war, als wären beide in der Zeit zurückversetzt worden, denn die Freude, welche die beiden bei diesem Anblick verspürten, war mehr als sie in den letzten Wochen gefühlt hatten. Dunkle Winter liefen immer eine Dunkelheit in einem selbst zurück. Eva zückte ihr Smartphone und wollte es gerade ihrer besten Freundin schreiben, die das Ereignis schon mit vielen Flocken Emojis kommentiert hatte. Nora war aufgestanden, nachdem sie eine Weile fasziniert rausgestarrt hatte. In dem Moment als sie die Tür öffnen wollte, um Evas Mitbewohnern Bescheid zu sagen, stieß Philip diese schon auf und hüpfte ins Zimmer.

»Schnee!«, rief Philip aus und Eva kam vom Bett, um freudig mitzuhüpfen. Hinter Philip tauchte Lukas auf. Nora begann mitzuhüpfen und die drei bildeten einen Kreis, indem sie sich die Arme gegenseitig auf die Schultern legten. Sie versuchten Lukas mit in den Kreis aufzunehmen, doch der stand nur mit einem Lächeln auf den Lippen und verschränkten Armen daneben. Sie bekamen zumindest ein kleines, wenn auch nicht motiviertes »Yay« aus ihm heraus. Danach gingen sie alle über Evas Bett zum Fenster hinüber und drückten sich die Nasen an der Scheibe platt.

»Schau mal auf den Parkplatz, da sind gar keine Spuren!«, kommentierte Philip entzückt. Genau in diesem Moment lief ein Mensch über den Parkplatz zu seinem Auto und alle seufzten auf.

In der Braustraße in der Südvorstadt konnte man aus der vierten Etage eigentlich mehrere Straßen weitersehen, bei diesem Wetter endete die Sicht allerdings direkt hinter dem Parkplatz des Supermarktes.

»Aber schaut mal, die Spuren sind total schnell weg«, beschwichtigte Lukas und sie sahen alle weiter fasziniert dem Schneetreiben zu. Sie beobachteten wie sich auf allen Bäumen, allen Ästen, allen Dächern und allen Wegen ein weißer Film bildete. »Na gut, ich mach dann mal weiter Uni«, verabschiedete sich Lukas und holte alle wieder ein Stück zurück in die Realität. Es war fast Ende Januar und die Prüfungen waren doch wie jedes Jahr komplett überraschend aus der Versenkung hervorgekrochen und raubten ihnen die letzten Nerven. Den meisten zumindest, denn Nora war nicht anders gelaunt als sonst. Sie schien nur medium gestresst zu sein und schrieb viel öfter an einem Dokument, das sie zum einen Teil als Untergangslyrik und zum anderen Teil als unveröffentlichten Bestseller bezeichnete. Eva allerdings machte sich unnötigen Stress, obwohl sie mehr lernte, als alle aus der WG zusammen und lief dementsprechend die halbe Zeit rum, als würde sie schlafwandeln. Philip war ähnlich versunken, them schienen aber ganz andere Dinge zu bedrücken. Der Schneefall war eine willkommene Ablenkung gewesen. Mit Philip aus dem Raum wollte Eva wieder zurück in den Schneidersitz in ihren Aufgaben versinken, doch Nora hielt sie auf.

»Lass uns rausgehen.«

»Aber wir haben doch…«, Nora legte einen Finger auf Evas Lippen und schaute ihr direkt in die Augen.

»Schon klar. Wir haben unfassbar viel zu tun, aber wann hattest du das letzte Mal Schnee?« Eva grinste zurück. Sie lehnte sich nach vorne und stupste mit ihrer Nase Noras an. Nora stupste zurück. Sie zogen sich an und Eva betrachtete mit Horror, wie dünn sich Nora anzog und suchte ihr wortlos Skiunterwäsche heraus. Sie steckten nur Schlüssel und ein Smartphone ein, ehe sie sich die Mützen aufsetzten. Auf dem Weg durchs Treppenhaus machte Nora einen Kommentar, dass sie sich mit all den Schichten wie ein Michelin Männchen fühlte. Als sie die alte Holztür nach draußen aufstießen, wehte eine Woge Schnee ins Hausinnere. Sie traten heraus und der Schnee knirschte unter ihren Schuhen. Jeder Schritt fühlte sich an wie auf Wolken gehen. Mit strahlendem Gesicht drehte sich Eva zu Nora und betrachtete diese, wie sie mit offenem Mund und ausgestreckter Zunge in den verhangenen Himmel blickte. Auch Eva schaute gen Himmel und sah nur eine weiße Wand. Sie musste die Augen zusammenkneifen, da der Schnee wild herumwirbelte. Gerade, als auch sie ihre Zunge ausstrecken wollte, traf sie ein Schneeball. Überrascht schnellte ihr Kopf zu Nora herum, die nur belustigt grinste.

»Na warte«, rief Eva und sah sich blitzschnell um. Sie entschied sich dagegen Nora direkt anzugreifen und rannte über den Bürgersteig hinweg hinter eines der Autos und sicherte sich Munition. Blanke Finger trafen auf unberührtes Weiß. Die Kälte an ihren Fingern nahm sie gar nicht wahr, sondern konzentrierte sich darauf genug Schnee zusammen zu sammeln und in ihren Händen zu kugelähnlichen Objekten zu formen. Dann ging es erst richtig los. Eva begann zu werfen – nicht wirklich gut, aber dafür oft und schnell hintereinander. Sie duckte sich hinter dem Auto und versuchte Nora, die sich hinter einem anderen verbarg, zu treffen. Alles, was ihr in die Finger kam, wurde geworfen. Nora traf sie am Arm und sie traf Nora direkt in die Brust. Sie schrie vor Freude auf und riss die Arme in die Luft, was ihr prompt einen Schneeball ins Gesicht einbrachte.

»Das bekommst du zurück«, lachte sie und rannte mit einem Schneehaufen in der Hand los. Nora schrie spielerisch und rannte vor ihr weg. Eva warf im Laufen und traf dann Noras Arsch. Sie machte nicht denselben Fehler, griff gleich auf dem Boden neuen Schnee auf und warf zweimal nach. Nachdem Nora sich hinter einem anderen Auto auf der gegenüberliegenden Straßenseite versteckte, breitete Eva ihre Arme aus und drehte sich. Sie fing an zu lachen und fühlte sich so ausgelassen wie schon lange nicht mehr.

Plötzlich traf sie ein anderer Schneeball und sie stoppte. Sie fand Nora fast zwei Meter in gebückter Haltung von sich entfernt vor. Sie schüttelte den Kopf und zuckte mit den Schultern. Sie sah sich währenddessen um und warf den Schnee aus ihrer Hand. Dabei traf sie eine von vier Gestalten, welche auf dem Parkplatz hinter Autos versteckt waren. Es hieß plötzlich nicht mehr Nora gegen Eva, sondern Nora und Eva gegen die Aldi-Parkplatzgang. Schnell rafften sie sich zusammen und suchten Schutz zwischen zwei nahegelegenen Autos. Aus diesem Unterschlupf heraus warfen sie die fremden Mitspielerinnen ab. Mehr schlecht als recht schossen sie aus ihrer Position heraus und im nu gesellten sich andere Mitspielerinnen auf beiden Seiten ein. Sobald die eine Gruppe abgelenkt war, wurde gezielt. Es waren mittlerweile mindestens 20 Menschen in die Schneeballschlacht involviert und der Schneefall wurde immer dichter.

»Hey!«

»Das ist unser Parkplatz!«

»Na warte!«

Es schallte von allen Seiten und als Nora und Eva von hinten überrascht wurden und dadurch nicht zurück auf den Gehweg an Noras Haus rennen konnten, mussten sie unter einem Schneeball Hagel die Straße queren. Sie rannten zweimal in andere Leute hinein, die auf der anderen Seite versteckt waren, hatten aber keine Munition dabei. Sie wurden gnadenlos abgeworfen und ein großer weißer Flatschen zierte den Rand von Noras Mütze. Sie kamen hinter einem weiter entfernten Auto zu stehen und duckten sich dahinter. Beide hockten in der Nische und sammelten Schnee vom Boden auf. Nora zumindest, denn Eva konnte nicht anders als sie anzusehen. Noras Locken schauten unter der Mütze, die Eva ihr geborgt hatte, hervor und waren voll mit weißen Punkte. Einige Strähnen wirkten sogar eingefroren und kräuselten sich von größeren Wellen in kleine Locken. Ihre Wangen waren rot, ebenso ihre Nasenspitze.

»Wir haben die perfekte Chance, uns auf dieser Straßenseite bis zum Parkplatz vorauszuschleichen. Am besten produzieren wir etwas Munition vor.« Nora drehte sich während des Formprozesses zu Eva um. »Hast du mich verstanden?«

»Gott, du bist so unglaublich heiß.« Eva registrierte gar nicht, was ihr da rausgerutscht war, aber erfreute sich daran Nora anzusehen. Diese wusste gar nicht wie sie reagieren sollte, und sah erst wieder, fast schüchtern, auf ihre Hände zurück, dann wieder hoch und dann wieder nach unten. Sie schien alles zu tun, um Eva nicht ansehen zu müssen, zuckte ganz leicht mit den Schultern und lehnte sich nach vorne. Ihre Lippen aufeinander, waren steifer als sonst durch die Kälte, aber erwärmten ganz andere Sachen. Obwohl sie nicht mehr rumrannten, ging ihr Atem sehr schnell. Nora riss die Dominanz der Situation an sich und kniete nun während Eva im Hocken gegen das Auto gepresst wurde. Um ehrlich zu sein, tat Eva diese Position ziemlich weh, sie sagte aber nichts, um den Moment nicht zu zerstören. Von dem Gefühl, wie Nora in ihre Unterlippe biss und wie ihre Zungen miteinander agierten, könnte sie süchtig werden. Der Kampf war lange vergessen und Eva öffnete unbewusst ihre Beine noch ein kleines Stück weiter. Ihr ganzer Körper versuchte näher an Nora heranzukommen.

Zack.

Der Aufprall war hart und treffsicher.

Direkt an ihrer beider Wangen.

Das Lachen – eindeutig.

Philip hielt sich den Bauch und auch Lukas schien amüsiert zu sein. Die beiden lösten sich nur widerwillig und schossen mit ihren Augen kleine Blitze, Laser oder Kettensägen zu Evas Mitbewohner. Philip musste sich den Bauch halten vor Lachen. Lukas zückte ein Telefon und schoss ein Bild von den beiden kauernden Gestalten und Philip bedankte sich bei ihm mit einem strahlenden Gesicht und einer abschließenden Umarmung. Kurz überlegte Eva die Umarmenden abzuwerfen, aber erstens hatte das schon Nora erledigt und zweitens wollte sie keinen Moment kaputt machen, sie hielt nichts davon Gleiches mit Gleichem zu vergelten. Nach dem dritten Versuch traf Nora endlich und auch die Beiden lösten sich mit finsterer Miene.

»Ihr wisst, was das bedeutet«, sagte Lukas mit tiefer Stimme. Es war wie in einem schlechten Western. Eva und Nora sahen sich verschwörerisch an und nickten. Sie griffen den Vorrat vor ihnen auf dem Boden bestehend aus drei Schneebällen und gingen in den Angriffsmodus über. Keiner gönnte dem anderen auch nur eine kurze Verschnaufpause. Wenn die Kugeln von einem aufgebraucht waren, landeten der andere die meisten Treffer. Der meiste Schnee wurde von Auto und Gehweg gekratzt, dann begannen sie sich zu jagen. Wer wen jagte, konnte niemand so wirklich beurteilen. Fakt war aber, dass Eva auf Lukas und Nora auf Philip fixiert war. Auch andere Menschen mischten sich ein, doch die WG hatte nur Augen füreinander. Ihre Arme wurden müder, ihre nackten Hände mit der Zeit aber wärmer und kribbeliger. Eva wollte nicht aufgeben und machte immer weiter. Solange bis sie schlitterte und in der Mitte der Straße ausrutschte. Sie hätte gerne gesagt, sie wäre gelandet wie Peter Parker in Spidermanpose. Oder wie Wonder Woman. Oder eben wie jemand der landen konnte, ohne dabei wie ein missglückter Pfannkuchen auszusehen.

Auf ihrem Rücken liegend begann sie aus Reflex zu lachen. Nora kam angerannt und warf sich mit dem Schwung, den sie hatte, fast aus Versehen neben sie hin. Auch Philip kam und ließ den riesigen angesammelten Brocken – eher einen zusammengemanschten Klumpen – einfach auf den Boden gleiten aus their mit Handschuhen überzogenen Fingern.

»Tut dir was weh?« »Alles gut bei dir?« fragten Philip und Nora zeitgleich. Lukas sah enttäuscht aus. Zwischen Lachern brachte Eva ein ›Ja‹ heraus und ließ sich bewusst zurück in den Schnee fallen. Sie bewegte ihre Arme und Beine gleichzeitig wie bei einem horizontalen Hampelmann. Philip verdrehte die Augen und murmelte: »Das darf doch nicht wahr sein, da jagt sie uns allen einen Schrecken ein und macht dann einen Schneeengel« klang. Nora zögerte nicht lange und begab sich neben Eva in den Schnee auf die Straße, nachdem sie sich vergewissert hatte, dass um sie herum noch die Schneeballschlacht ausgetragen wurde und kein Auto auf der Braustraße durchkommen würde. Auch sie bewegte ihre Arme und Beine auseinander und zusammen. Nora wurde erst in diesem Moment bewusst, dass sie noch nie einen Schneeengel gemacht hatte. Eva brachte sie so leicht dazu Dinge zu tun, ohne viel darüber nachzudenken. Dinge die sie nie getan hatte. Dinge, von denen sie dachte, sie nie wieder zu tun. Lukas lag nun auch neben ihnen und seine langen Arme stießen unkoordiniert gegen diverse Körperteile von Eva. Sie sahen alle einladend zu Philip hinauf. »Das darf doch alles nicht wahr sein. Warum muss gerade ich bei eurem Ringelpiebs mit Anfassen mitmachen?« Sie sahen einfach weiter zu them hinauf und alle mussten sich verkneifen das Ringelpiebs mit anfassen zu kommentieren. Ob es das Gemeinschaftsgefühl oder Lukas Hundeblick waren, die Philip erst auf their Knie und dann auf den Rücken neben Lukas brachten, wusste niemand so richtig. So lagen sie alle auf der Straße vor ihrem Haus in der Südvorstadt und blickten in den weißen Himmel. Um sie herum wurde weiter geschrien, weiter geschossen. Doch sie waren kurz stehen geblieben. Es begann mit Noras Hand, die in Evas wanderte. Evas Hand musste nicht lange nach Lukas Hand suchen, da dieser immer noch mit seiner Hand halb in ihren Bauch stieß. Auch sie verschränkten ihre Finger. Lukas Hand fand wiederum die von Philip und griff zaghaft nach ihr im Schnee. Erst schreckte Philip zurück. Their Kopf schnellte zu Lukas, welcher sich mit der freien Hand kurz am Kopf kratzte, die Schultern zuckte und seine mit Eva verschränkte Hand so anhob, dass man sie hinter seinem Körper sehen konnte. Beinahe schüchtern lächelte Philip zurück und nahm mit their Hand die Hand von Lukas Kopf weg, um diese in their zu fassen.

So lagen sie. Eine Kette aus Freunden vereint an ihren Händen in der Mitte der Straße mitten in einer Schlacht. Eva wünschte sich, es würde so kalt werden, dass sie diesen Moment wortwörtlich einfrieren könnten. Die Straßenlaternen warfen im dichten weiß ein Sepialicht auf sie herab. Sie wusste, diesen Moment würde es in dieser Form nie wiedergeben, egal, wie sehr sie es versuchen würden. Sie hoffte sehr in späteren Erinnerungen würde sie die Flocken fallen sehen, würde spüren wie bekräftigend Noras Hand zurückdrückte oder wie viel größer Lukas Hand war. Auch wenn dieses klischeehafte Bild eine wundervolle Einstellung für einen Film gewesen wäre, hoffte Eva es nie aus der Vogelperspektive sehen zu müssen. Sie wollte nicht, dass sich ihre Erinnerung durch Erzählungen verfärbte. Sie wollte genau die Perspektive, die sie hatte. Nora hätte sie geküsst, wenn sie all dies hätte hören können. Nora hätte sie beschimpft wunderschöne Gedanken zu haben und dann jeden einzelnen aus ihr rausgeküsst. Nora sah sich nicht um, sondern Eva an. Sah sie, neben allen anderen Dingen, die passierten, einfach nur an.

Probleme

Du brauchst keine Person
Die deine Lösung ist
Aber es ist schön Personen zu haben
Mit denen du über Probleme reden kannst

Platz am See

»Aber du hast eine Ehefrau?«

»Ja«, antwortete Jo dem Kellner, der seine Partnerin Isa kannte. Er hatte schon das Portemonnaie rausgekramt, um für die zwei Flaschen Wein zu zahlen.

»Aber ihr seid auch zusammen?«, fragte der Typ. Jo konnte sich nicht gut Namen merken, eigentlich auch keine Gesichter aber diesen Schnurrbart hätte er sich gemerkt. Isa nickte und die Augen ihres Gegenübers zogen sich noch ein Stück weiter zusammen.

»Aber du bist nicht seine Ehefrau?«, fragte er mit einem Finger auf Isa zeigend, die vehement ihren Kopf schüttelte.

»Ich verstehe es nicht.« Er hielt immer noch beide Weinflaschen im Arm. Jo wippte mit dem Fuß. Er hatte sich schon mehrmals ausgiebig gewünscht bei solchen Konversationen nicht dabei zu sein zu. Ja, ihre Beziehung war spannend. Ja, ihre Beziehung war für viele ungewöhnlich und interessant. Manchmal sogar skandalös. Aber er fühlte sich einfach nicht dafür verantwortlich anderen sein Leben zu erklären. So wie es nicht seine Aufgabe war, jedes Mal, wenn er darauf angesprochen wurde, ob er Fleisch isst und andere ihm ungefragt erzählten, dass sie schon Fleisch essen, dass ja aber reduzieren wollen, aber das was er macht einfach nicht könnten und vegan sein schon gar nicht. Denn niemand kann auf Käse verzichten.

»Jo hat seine Ehefrau Lyra, diese hat mehrere Partner und ich bin die Freundin von Jo.« Der Kellner sah immer noch sehr ratlos aus.

»Es ist eigentlich nicht so kompliziert«, sagte Jo leise und debattierte innerlich, ob er seine Hand ausstrecken sollte nach den Flaschen, um den Kellner zu erinnern was sie eigentlich wollten.

»Seine Ehefrau weiß davon?«, fragte er skeptisch.

Beide nickten nur. Generell hätte Jo niemandem gern davon erzählt. Er wusste, dass Isa solche Unterhaltungen sehr genoss, sie genoss auch generell, wenn sie zu mehrt händchenhaltend die Straße hinunter gingen, er allerdings absolut nicht. Der Blick des Kellners blieb verwirrt, aber zur allgemeinen Freude, stellte er die Weinflaschen ab und kassierte sie ab. Jeder von ihnen nahm eine Flasche und sie liefen aus dem italienischen Restaurant, direkt am Pier 1 gelegen, heraus und schoben ihre Räder zu der ersten Badestelle, die sie finden konnten. Eigentlich sollten Lyra und Steve schon hier sein, aber wer weiß was die beiden noch so trieben . Die gelb karierten Decken waren schnell in einer der kleinen von Schilf umgebenen Buchten nebeneinander ausgebreitet. Der Cospudener See, kurz Cossi, war Isas Lieblingsort im Sommer. Neben Radfahren und Volleyball liebte sie es vor allem im Hängemattenwald neben dem FKK-Strand zu sein oder mit Jo auf Decken zu liegen und den Sonnenuntergang zu beobachten. Jo legte sich nach hinten auf die Ecke, richtete sich kurz auf, um unter sich liegende Äste zu entfernen, und öffnete dann seine Arme für Isa. Diese kuschelte sich an ihren Freund und vergrub ihren Kopf in seinem freien Hals. Sie teilten langsame Küsse und sahen sich in die Augen. Jo kniff die Augen zusammen und blinzelte gegen die Sonne.

»Ich glaube wir haben Kea echt verstört«, flüsterte Isa.

»Warum flüstern wir?«

»Keine Ahnung, für den Moment«, flüsterte Isa zurück.

»Alles klar« Jo drückte Isa einen Kuss auf die Schläfe. »Hast du seinen Blick gesehen? Ich dachte kurz er hört auf zu atmen.«

»Sein Blick war nicht zu übersehen. Vielleicht muss ich ihm noch mal eine Nachricht schreiben.«

»Müssen tust du nicht.«

»Na klar, muss ich nicht«, Isa sprach gedrückt und küsste danach Jos Schlüsselbein. Die Haut unter ihren Lippen schmeckte salzig. Isa und Jo lagen auf der Decke aneinander gekuschelt, bis die Sonne durch die oberen Kronen der Bäume lange Schatten warf. Ein fleckiges Muster zeichnete sich auf Jos Gesicht ab und Isa fuhr gedankenverloren die Schatten auf seiner Brust nach.

»Er musste auch einfach dreimal nach meiner Frau fragen« Jo rutschte sich auf dem Boden zurecht und verzog kurz sein Gesicht.

»Tut deine Hüfte wieder weh?«

»Ja«, er rutschte noch mal und Isas ganzer Körper bewegte sich dadurch mit, »Ich muss Lyra morgen mal bei unserem gemeinsamen Abend bitten mich zu massieren.«

»Hey ihr Süßen!«, erklang wenig später Lyras Stimme, die mit dem Fahrrad fast bis zu ihren Köpfen angerollt kam. Sie stand über ihnen und sie mussten gegen das grelle Licht blinzeln, um sie zu sehen. Als Lyra in den Fokus kam, sahen ihre kurzen pinken Haare wie ein Heiligenschein aus. Hinter ihr stieg Steve von seinem Rad und schloss es mit Lyras zusammen an, ehe er Flaka von ihrer Leine löste und der kleine Border Collie auf das Pärchen auf der Wiese zu stürmte. Flaka sprang praktisch auf Isa, die die Hündin in ihre Arme schließen wollte, doch diese war zu flink. Sie hüpfte freudig um beide herum mit einem Schwanz, der schneller wedelte als eine Pride Fahne im Wind. Isa stand auf und umarmte Lyra, danach Steve. Während sie bei Steve war, ließ sie Jo und Lyra einen Moment für sich, die Stirn an Stirn einen Moment gemeinsam atmeten, ehe sie sich vertraut küssten. Danach ging Jo zu Steve und schloss auch ihn in die Arme, wobei sein oberkörperfreier Torso in Steves Polohemd stieß. Flaka war sichtlich erfreut und sprang zwischen ihren Beinen hin und her, warf sich in dem groben Sand mehrmals auf den Rücken und streckte ihre Läufe in die Höhe als würde sie schwimmen üben.

»Wollt ihr wissen, warum wir erst so spät kommen?«, Steve sprach los, ohne eine Antwort abzuwarten. »Lyra wusste natürlich genau, wo wir langfahren mussten – nicht. Wir sind mindestens zweimal im Kreis gefahren, aber wenigstens waren die Wildschweine im Wildpark megasüß.«

»Ich nehme an, zumindest Flaka hatte Spaß«, sagte Isa, während sie die Hündin ausgiebig am Bauch streichelte. Lyra wank nur ab und sagte etwas in die Richtung, dass sie immer wusste, wo sie hin müssten – Jo verdrehte daraufhin seine Augen. Sie packten ihre Tupperdosen aus und machten es sich gemütlich. Jo und Isa aneinander gelehnt und Steve und Lyra mit verschmolzenen Händen. Flaka tobte immer noch neben ihnen herum, aber bekam Leckerlis in einer kleinen Dose . Jo erzählte noch mal die Geschichte mit dem Kellner und Steve fragte erst »Wollt ihr das neuste von meiner Mutter wissen?« und erzählte von einem neuen schneidenden Kommentar, den diese zu seinem ›Lebensstil‹ von sich gegeben hatte. Lyra nahm Jo in den Arm und küsste ihn mehrmals auf sein Schlüsselbein.

»Menschen, die sich nicht mit polygamen Beziehungen beschäftigen, denken echt wir würden die ganze Zeit nur Orgien veranstalten und heimlich die deutsche Ehe aushebeln wollen«, kommentierte Lyra, während sie sich ein Hummusbrot nach dem anderen gönnte.,

»Ja, das wollen wir doch auch oder nicht?«, Jo versuchte erfolglos den Korken mit seinem Schlüssel zu entfernen.

»Polygame Beziehungen führen nur Menschen, die sich nicht entscheiden können«, ahmte Steve die Stimme seiner Mutter nach und Isa stieg mit ein: »Oder können nicht treu sein.«

Jo schaffte es den Korken zu entfernen. Er presste ihn in die Flasche und nahm einen großen Schluck. Isa stieß ihn mit dem Ellenbogen in die Seite und zeigte auf die Plastikbecher, die sie aus ihrem Jutebeutel zog.

»Du tust so als ob wir nicht alle regelmäßig miteinander schlafen«, sagte dieser nur, ehe er für alle einen Becher eingoss. Die Sonne malte Fragen in den Himmel und Isa fragte Steve über seine Ausbildung aus. Es war eine Weile her, seit sie sich alle das letzte Mal gesehen hatten. Mit Lyra und Jo, die gemeinsam mit Flaka in Halle wohnten, Isa die eigentlich aus dem Vogtland kam, aber beruflich nach Leipzig gezogen war, und Steve, der seine Ausbildung in Magdeburg absolvierte. Meistens trafen sich Lyra und Jo mit ihren jeweiligen Partnerinnen einzeln (Lyra hatte auf ganz Deutschland verteilt vielleicht fünf Beziehungen), weshalb alle die Zeit zusammen so gut wie möglich zu genießen wollten. Steve war trotz seiner Polohemden ein sehr attraktiver Mann, doch Isa wusste wie eifersüchtig Lyra sein konnte und sie hatten alle miteinander vereinbart, dass Steve und Isa zusammen eine Grenze waren. Zwischen den beiden würde nichts laufen, das war das allgemeine Einverständnis.

Während Steve darüber sprach, was Neues in der Kita passiert war, hatte Flaka ihren Kopf in Jos Schoß und den Hintern zu Isa gestreckt, die ihn ausgiebig kraulte.

Die Sonne war verschwunden und der zweite Korken wurde von Lyra so geschickt entfernt, dass er nicht in die Flasche rutschte und sich keine Flocken in ihrem Getränk bemerkbar machten. Flaka lag immer noch auf ihnen und nur leere Tupperdosen blieben zurück.

Jo zog sich aus, er hatte von Anfang an nur ein Tanktop und kurze Hosen an und die Spätsommertage waren immer noch schwül dieses Jahr. Lyra und Isa taten es ihm gleich und wateten ins Wasser. Jo war schon bis zum Kopf drinnen. Flaka, die durch die Aktion keine menschliche Ablage mehr hatte, war aufgesprungen und starrte sie vom Ufer aus an. Steve zog sein Polohemd aus und verstrubbelte dadurch seine gegelten

Haare. Beim nackten Schwimmen fühlte man sich plötzlich ganz anders. Das Gefühl war Freiheit. Isas Brüste lagen obszön auf der Wasseroberfläche, wenn sie im brusthohen Wasser stand und Jo beobachtete sie von weiter weg mit einem liebevollen Blick. Lyra begann Steve spielerisch anzuspritzen und dieser spritzte zurück, bis die beiden sich im Wasser nähergekommen waren und sich aneinandergepresst küssten. Jo begann zu pöbeln und Isa schwamm zu ihm, um diesen zum Verstummen zu bringen. Durch die Spiegelung im kühlen Wasser und das Zirpen von Grillen mit dem Schein des Piers und des Nordstrandes wirkte es wie eine Oase, die die vier zusammengefunden hatten. Isas Herz öffnete sich und nahm jeden einzelnen Moment darin auf, während sie die Beine um Jos Taille schlang und er ihren Po massierte.

Nacheinander rannten sie heraus und räumten die Dosen von den Decken runter. Zu viert kuschelnd, mit Flaka in der Mitte, und den Handtüchern auf ihnen sahen sie gemeinsam in die Sterne. Isa an Jos Brust und Lyra an Steves. Lyra fuhr Isa durch die langen dunklen Haare.

Die Tage, die nach diesem kommen sollten, würden stressig sein. Jo würde viel herumreisen und Isa müsste sich langsam mal wieder bei ihrer Familie melden. Ihre Familie war lange nicht so verständnislos wie die von Steve, aber hausieren ging sie mit dem Fakt mit Jo zusammen zu sein sicher nicht. Das nächste Treffen wäre wahrscheinlich zu den Feiertagen angesagt. Sie war sich immer noch nicht so ganz sicher, wie sie es machen würden.

»Ich liebe dich«, murmelte Isa an Jos Brust. Er war nicht der erste, der es von ihr zu hören bekam. Aber der erste, bei dem sie es auch komplett meinte.

»Ich liebe dich«, sagte dieser zurück und sah mit ihr, seiner Frau und deren Partner gemeinsam in die Sterne.

Sprechen

Mir fiel erst später auf
Dass ich bei dir
Lange nicht mehr
Darüber nachgedacht habe
Was ich sage

Neben dir im Bett

Im Bett neben dir
Ist jeder Morgen
Ein Hoffen

Im Bett neben dir
Bin ich mir nie ganz sicher
Wozu ich aufwache

Im Bett neben dir
Pendelt es zwischen geh weg
Bleib hier

Im Bett neben dir
Pendelt es zwischen bleib hier
Und geh weg

Im Bett neben dir
Bin ich an dem Ort
An dem ich deinen Namen
flüsterte

Im Bett neben dir
Bin ich an dem Ort
An dem du meinen Namen
stöhntest

Im Bett neben dir
Sind in der Mitte zwischen uns
Flecken als Zeugen

Im Bett neben dir
Ist eine Millisekunde
Alles echt okay

Im Bett neben dir
Wurde mir viel zu oft bewusst
Was wir machen

Im Bett neben dir
Vergesse ich viel zu gerne
Was wir tun

Im Bett neben dir
Sind mein Bett und dein Bett
Ein Bett

Nicht nur manchmal

Meine Lippen auf ihren Lippen. Ich küsse sie mit mehr Verlangen. Es ist nass, aber es kümmert mich nicht. Ich teile ihre Lippen und dringe mit meiner Zunge in sie ein. Sie stöhnt. Ich ziehe mich zurück und liebkose ihren Kitzler. Sie stöhnt weiter auf. Ich schließe die Augen und hoffe, dass es vorbei ist. Nicht, weil ich nicht mit dir schlafen will – Ich will so sehr. Aber auf meinen Knien auf der Toilette der Kiss Kiss Bang Bang Party in diesem Winkel, in dem ich kaum Luft bekomme, hoffe ich, dass sie lieber schneller kommt. Wenn wir bei mir zu Hause wären, würde ich sie in die Mitte des Bettes legen. Dann würde ich sie fragen was ich darf. Wenn sie auch Lust darauf hat, würde ich ihr sagen, dass sie ihre Hände über ihrem Kopf liegen lassen soll. Jedes Mal, wenn sie sie hebt würde ich aufhören. Ich würde mich langsam herunterküssen mit besonderem Fokus auf ihre kleinen fast schwarzen harten Nippel. Dann würde ich ihr langsam den Slip ausziehen, vor ihrer Vulva mit meinem Gesicht stoppen und tief ein und aus atmen. Kleine Küsse würden erst ihr linkes Bein bis zum Fuß schmücken und zurück. Dann würde ich ihre eine Vulvalippe küssen und den Moment in dem sie denkt, ich gehe dahin, wo sie mich am meisten braucht meinen Kurs wechseln. Auch das andere Bein würde ich mit Küssen überhäufen. Dann würde ich Anstalten machen diese Liebkosungen weiter vorzunehmen bis sie mich anbettelt sie zu nehmen. Sobald sie danach gefragt hat, würde ich meinen Kopf zwischen ihren Beinen vergraben und meine Finger in ihr Loch einführen. Ich würde sie anschauen, während sie von mir gefickt wird. Jedes Mal stoppen, wenn sie ihre Hände über ihren Kopf wegnimmt.

Ich kann sie aus dem Winkel hier auf dem Boden nicht ansehen. Auch meine Hand hat sehr wenig Spielraum und steckt nur in ihr, um da zu sein. Was ich alles machen könnte, wenn ich Platz hätte. Welche Töne ich ihr entlocken könnte. Vielleicht würde ich ihr auch momentan Töne entlocken, wenn nicht die Musik von Britney Spears auf dem Dancefloor mit ihr konkurrieren würde oder sie sich nicht selbst in den Arm beißen würde.

Es ist ein Geschenk von lesbian Jesus, als sie sich um meine Finger zusammenzieht und ihre Beine beginnen leicht einzuknicken und zu zittern. Ihr entfahren laute Geräusche aus den rot geschminkten Lippen. Meine Sexpartnerinnen zu hören gab mir einen Kick wie nichts anderes. Ich bleibe an ihr, um nicht mitten im Orgasmus aufzuhören, das war ja natürlich auf keinen Fall jemals passiert, bis sie mich sanft von ihr wegschiebt. Ich kippe, auch wenn es eine sanfte, aber bestimmte Berührung war, aus meiner Position um und musste mich an den vollgeschriebenen Wänden abstützten. Ich richte mich schwerfällig auf und ein Knacken kam von meiner Hüfte. Sie sieht mich erschöpft und mit durchdringenden Augen an. Zwischen schweren Atemzügen, zieht sie mich am Kleid an sich. Küssend schmeckt sie sich selbst und hält mich fest. Sie versucht unsere Position umzukehren, aber ich halte sie sanft dabei auf. Ich schüttele meinen Kopf. Sie sieht mich fragend an.

»Ich muss nicht«, sage ich schnell. An sich muss ich schon. Also nicht müssen, aber ein Orgasmus wäre sicher nicht schlecht. Was ich nicht ›muss‹ war einer fremden Frau meinen nackten Körper zu zeigen. Das braucht bei mir Zeit, bis ich mich damit wohl fühle. Zu sehr liegt mir meine Mutter in den Ohren, die ›fett ist hässlich‹ mit dem Klassiker ›so wird sie niemand lieben‹ heruntergebetet.

»Natürlich musst du nicht, aber wenn du möchtest, können wir was machen. Also, wenn du willst«, sagt meine Begleitung in der Toilettenkabine. Sie wirkt unsicher und beißt sich auf die Unterlippe. Sie wirkt jung. Nicht jung wie ein Kind, aber jung wie unerfahren. Beziehungsweise unerfahrener bezüglich Toilettensex als die Frauen, die ich normalerweise aufreiße. Ich lasse mir Zeit mit meiner Antwort. Ich will nicht, dass sie denkt, ich will nicht mit ihr schlafen um ihretwillen. Ich bin es, die es nicht mag leise sein zu müssen, im Stehen Sex zu haben und sich auszuziehen vor Menschen, die ich erst eine dreiviertel Stunde kannte.

Natürlich habe ich zu lang gewartet. »Ich habe meine Tage«, murmle ich. Ich sehe ein Zögern in ihrem Blick bis sie nickt. Eigentlich macht es mir nichts aus mit anderen zu schlafen, wenn ich meine Tage habe. Solange diese Menschen mich nackt kennen und nicht verurteilen und selbst kein Problem mit Blut haben, ist alles schick.

Sie zieht ihren Rock nach oben und sieht mir dabei nicht in die Augen. Danach kratzt sie sich im Nacken, nickt mir zu und verlässt die Kabine. Der Körperkontakt ist unpersönlich.

Auch ich gehe aus dem Bad in den Raum mit den Waschbecken, an denen eine Gruppe Menschen ein Spiegelselfie macht. Leise kann man aus einer anderen Kabine pinkeln hören und wenn man sich anstrengt ein Stöhnen. Eine Drag Queen betritt die Toiletten und ihre Schuhe klacken trotz der lauten Musik auf dem Boden. Ihre Augen faszinieren mich. Ich schiebe mich an den anderen vorbei, wasche Hände und überlege meinen Mund zu waschen, aber entscheide mich dagegen. Als sich die Badtür öffnet, um eine weitere Woge Menschen hereinzupressen, schlüpfe ich heraus. Die Musik trifft mich und nimmt mich in sich auf. Erst auf den Schritten zu den zwei Podesten in der Mitte des Raumes merke ich, dass ich angetrunkener bin als ich dachte. Ich gehe auf in dem Gefühl des Nebels. Der Gang ist schwankend. Das Podest nahe der DJane erklimme ich mit Hilfe, wobei in meinem Kopf ein sanftes ›whoosh‹ eingefügt wird.

Ich tanze auf dem Podest und sehe so lange in bunte Deckenlichter, bis es bei geschlossenen Augen weiter flackert. Ich reibe mich an Körpern und Körper sich an mir. Ich sehe von hier eine Masse aus bewegendem Menschen. Einer Eingebung nach folge ich dem Ruf des Leibes, stolpere vom Podest und werde zur Masse. Da treffen Lippen auf andere Lippen, auf andere Lippen, auf Hälse und andere Lippen. Lippen treffen auf austauschbare Menschen.

Die kalte Nachtluft ist nicht charakteristisch für diesen Spätsommer. Meine Gruppe steht draußen am Busch vor dem Commerzbank Gebäude, in dessen Hecke der Vodka versteckt wurde. Einer hält einen Döner und stopft ihn in sich hinein. Fragen kommen auf, ob ich Sex gehabt hatte. Ja. Fragen kommen auf mit wem. Hm. Gute Frage.

Die Nacht wird getanzt und getanzt und mehr getanzt bis mein Bett mich mit offenen Armen erwartet. Ich schlafe ein mit dem Gefühl auf einer Achterbahn zu sein.

»Du kannst dich nicht mal an sie erinnern?«, fragt Alba als wir durch das Rosenthal am letzten Zooschaufenster mit den Giraffen vorbeilaufen. Es ist ein angenehmer Nachmittag. Den Alkohol der letzten Nacht spüre ich noch leicht. Durch den breiten Graben zwischen Zoo und Park liefen vorher noch Antilopen und gerade grasen Giraffen mit 30 Meter Abstand zu uns. Trotz herbstlichen Temperaturen und meinem langen grauen Mantel trage ich eine große Sonnenbrille, da durch die große, breite Grünfläche, auf der im Sommer Leipzig Klassik AirLeben stattfindet, die Sonne blendet. Dadurch sieht Alba nicht, wie ich meine Augenbrauen zusammenziehe.

»Erinnern kann ich mich faktisch schon, sonst hätte ich dir ja nicht davon erzählen können.«

Alba verdreht ihre Augen hinter der kleinen runden Brille, die wirklich nur ihr stehen könnte.

»Du kannst dich weder an ihren Namen erinnern noch wie sie aussah. Und bevor du etwas sagst«, schiebt sie schnell hinterher, »an die anderen drei von denen dir Tarjei danach erzählen musste, dass es überhaupt drei waren – an die kannst du dich sicher genauso gut erinnern. Wahrscheinlich gar nicht.«

Meine Schultern zucken, während ich nicke. Alba grinst triumphierend. Wir laufen durch die Waldwege, deren Blätter langsam gelb, rot, orange Farben annehmen. Hunde und Menschen schmücken Wege. Sexgeschichten aus unseren Münden. Aus meinem Mund. Alba kennt das schon lange. Sie liebt Klatsch und Tratsch und vor allem, wenn ich mich nicht an Namen erinnern kann.

Wir kommen aus dem nördlichen Teil des Auwaldes heraus und treffen auf die Waldstraße. An der Haltestelle Stallbaumstraße queren wir die Straße, während Alba sinniert, wie schön es hier gewesen sein musste mit weit wehenden Kleidern und Sonnenschirm zu flanieren. In meinem Träumen war ich in dieser Idylle an Albas Seite. Wir queren die Straße und laufen weiter in den Stadtwald hinein. Die Baumkronen werfen Lichtspiele auf den laubbesäten Weg. Alba erzählt mir mit ausladenden Gesten von ihrem Vortrag in dem einen Uniseminar von dem ich immer den Namen vergesse, egal wie oft er mir gesagt wird.

»Dieser Hügel, auf dem der Turm steht, ja den sieht man momentan nicht, ist der Scherbelberg. Der wurde damals durch viel Hausmüll aufgeschüttet. Nicht wie bei dem Fockeberg, der ja durch Trümmer entstanden ist«, Alba sah mich aufmerksam an und ich nickte. Seit ich ihr mehr oder weniger nachgezogen war, gab sie mir, sobald wir spazieren waren kleine Leipzig Lektionen. Sie war so ein Nerd. »August der Starke wollte sich übrigens im 17. Jahrhundert auf der großen Wiese ein Schloss bauen. Einfach so für den Flex. Aber die alten weißen Männer von Leipzig konnten das zum Glück verhindern.« Ich nicke wieder sehr interessiert, bis mir etwas einfiel und ich im Laufen kurz stoppe.

»Warte, war August der Starke nicht der schwule Dude?«

»Ne, August Friedrich war nur korpulenter und hatte richtig fett Geld. Der schwule Typ ist Friedrich der Zweite. Friedrich der Große war der berühmteste Monarch Deutschlands und hat auf Sanssouci einfach super viele Statuen von Männern ausgestellt, die von anderen genommen werden und richtig viele so antike Powercouples. Aber Historiker waren natürlich so: Nee, nee, die sind nur sehr dolle Freunde, ach ja und die sind Bekannte.«

»Ist klar«, stimme ich Albas nachgemachter Historikerstimme zu.

»Er soll wohl Tabakdosen verschenkt haben, wenn er auf jemanden stand. Aber für den schnellen Fick zwischendurch hat er wohl einfach sein Stofftaschentuch fallengelassen, um dem Pagen zu zeigen, dass er ihn will.« Ich muss grinsen.

»Aber denkst du er war ein Top?«

»Hm«, Alba macht ein Gesicht als würde sie gerade das nächste Hausarbeitsthema finden, »also gefunden hatte ich dazu nichts, aber er hat schon die Big Dick Energie. Zumindest wird er nicht so ein Powerbottom gewesen sein wie Julius Caesar.«

»Julius Caesar?«, frage ich perplex. Vielleicht ist Geschichte gar nicht so langweilig wie ich immer gedacht hatte. Nicht, dass es mit Alba je langweilig gewesen wäre.

»Du weißt schon, dass Julius Caesar die Queere Ikone der Antike ist?« fragt sie. Ich schüttel den Kopf.

»Also«, sagt sie aufgeregt und bleibt wieder stehen. Mit dem Tempo sind wir wahrscheinlich noch eine Weile unterwegs. »Caesar war angeblich ein Nachfahre von Venus blah blah und hat mit Männern und Frauen geschlafen. Alles an sich gar kein Ding, aber was wirklich verwerflich gewesen ist, war, dass er sich immer hat richtig ficken lassen.«

»Also schwul sein war okay aber bottom sein weird?«
Alba nickt eifrig.

»Dann hat doch immer jemand die Arschkarte.«
Wortwörtlich.

»Genau. Also bi sein war sogar ziemlich normal. Aber so wie er es gemacht hat – und vor allem mit wem – war das skandalöse.«

»Das ist ja mega bescheuert. Und eigentlich ziemlich sexistisch, weil mal wieder derjenige, der penetriert wird, der Schwache ist. Hallo Patriarchat.« Alba nickt.

»Caesar soll für damalige Standards unfassbar schön gewesen sein. Sein berühmtester Geliebter war so ein König namens Nicomedes. Er war wohl schon mit 20 ein Botschafter am Hof des Nicomedes in der Türkei gewesen und ist ihm da so bei Feierlichkeiten gefolgt als passiver Part. Gerüchte sagen auch, er wäre auf eine goldene Couch geführt und dort von dem älteren Mann genommen worden. Das war anscheinend sein erstes Mal und man hat ihn dann auch die Königin von diesem kleinen Land genannt.«

»Ich kann nicht«, spreche ich den wiederkehrenden Gedanken aus meinem Kopf aus.

»Er wurde auch der Mann jeder Frau und die Frau jeden Mannes genannt, so als Diss.«

Wir kommen unten an dem Hügel an und Alba geht voran, um mir den kleinen spiralförmigen Aufstieg zu zeigen. Sie sagt abwesend noch etwas von einer Rodelbahn im Winter und dass wir hier definitiv noch mal hin sollten.

»Gab es noch andere schwule, lesbische, whatever Ikonen, von denen ich wissen sollte?«, frage ich, als wir fast oben angekommen sind.

»Zu viele«, merkt Alba an. »Alexander der Große und sein General Hephaestus sind noch erwähnenswert. Es gibt da so ein Zitat.« Sie überlegt kurz und ich versuche meine Atmung zu kontrollieren, um nicht offensichtlich nach Luft schnappen zu müssen. »Irgendwie, dass Alexander nie besiegt wurde außer von Hephaestions Schenkel. Generell hat er auch Statuen für seinen Lover errichten lassen und anderes Zeug.«

»Was ist mit«, ich muss zwischendurch schlucken, um nicht so trocken zu klingen, »historischen Lesben?«

»Gab es natürlich. Muss es. Es ist tatsächlich schwerer etwas darüber zu erfahren, weil weibliche Liebe nicht ernst genommen wurde.«

»Na klar.«

»Es musste überhaupt erst mal zu der Emanzipation der Frau kommen, ehe die weibliche Sexualität Relevanz hatte. Andererseits wurden dadurch Frauen weniger wegen ihrer Sexualität verfolgt beziehungsweise gab es kaum bis keine Gesetze dagegen. Sozusagen ein doppelschneidiges Schwert.«

Ich will etwas erwidern, aber muss atmen. Wir sind am Turm angekommen. Er ist mindestens fünfzehn Meter hoch, wenn nicht gar höher, und besteht aus Stahlstreben. Ich bin dankbar, dass Alba noch Fotos macht und erzählt.

»Also etwas moderner sind Vita Sackville-West und Virginia Woolf. Die haben sich in den Zwanzigerjahren Briefe geschrieben und Virginia hat ihrer Geliebten den Roman Orlando gewidmet. Sonst gibt es Jody Foster, Judith Butler und viele mehr, aber alle eher in der Gegenwart oder frühen Vergangenheit.«

Ich nicke. Ich will noch etwas anmerken über die Insel Lesbos auf welcher die frauenliebenden Frauen gewohnt hatten, aber lasse auch dies. Wir beginnen den Wackelturm zu erklimmen und Alba erzählt indessen, wie jemand aus ihrer ehemaligen Klasse hier oben angeblich seine Jungfräulichkeit verloren hatte. Zu oft hatten wir schon thematisiert, wie bescheuert das Konzept Jungfräulichkeit war und wie gerne wir den Druck damals von uns genommen hätten. Denn war dieses erste Mal gut gewesen? Nein, nein, absolut nicht.

»Ja, wackelt«, kommentiere ich als wie oben angekommen sind. Zwei Gruppen á drei Personen sind mit uns oben und wir setzen uns in eine freie Ecke auf der oberen Plattform. Der Ausblick über den riesigen Wald bis hin zu den großen Gebäuden der Innenstadt ist atemberaubend. Gegen die Metallstreben gelehnt und die Beine ausgestreckt sitzen wir nebeneinander und ich rücke meine Sonnenbrille zurecht. Als ich damit aufschaue, reicht mir Alba einen Plastikbecher mit Pfefferminztee herüber. Ich nehme ihn dankend an und schiebe mir die Brille auf die Nase.

»Okay genug Geschichte und Studium. Wie läuft es mit«, mir fehlt der Name. »Du hast ihren Namen vergessen«, bemerkt Alba und ich schiebe ein »No shit Sherlock« ein.

»Nichts läuft mit Tatjana«, sagt Alba enttäuscht. Tatjana ist die Transfrau, mit der sie nun schon ein halbes Jahr schrieb, sich aber noch nie auf ein Date getroffen hatte, nur schon einmal zufällig im Hugendubel.

»Okay. Aber möchtest du, dass was mit ihr läuft?«

»Das ist ja keine Frage, natürlich möchte ich das«, Alba atmet tief und lässt ihre Augen wandern. »Wir sind nur irgendwie – Ach, ich weiß auch nicht.« Alba trinkt einen Schluck ihres Tees. Eine Gruppe steht auf und macht sich an den Abstieg. Der Turm bewegt sich schwankend und ich ziehe meinen Schal etwas fester.

»Wir schreiben jetzt schon so lange und telefonieren und – und ich habe langsam das Gefühl, wir sind gute Freunde geworden.« Bei dem Wort gute Freunde zieht sich mein Magen unangenehm zusammen.

»Was ist daran problematisch?«, frage ich, sehr interessiert die Landschaft ansehend.

»Nicht direkt problematisch«, Alba spricht stockend. »Ich bin mir nur nicht sicher, ob wir von der Freundschaft wieder zu romantischen Gefühlen übergehen können. Die gab es am Anfang sehr, aber jetzt kennen wir uns so gut, dass wir so viel voneinander wissen, dass ich nicht weiß, ob wir über den Punkt des Datens vielleicht schon hinaus sind.«

»Okay«, ich trinke einen Schluck und drehe meinen Körper zu Alba. »Aber versucht es doch erst einmal. Wenn es keine romantischen Gefühle werden, dann redet ihr einfach offen darüber.«

Alba schließt ihre Augen und seufzt erneut: »Ja, also klar natürlich, aber ahh. Warum kann nicht alles einfach sein und wir hätten uns gleich gedatet. Jetzt steht da so viel dahinter und die ganze Freundschaft könnte kaputt gehen.« Sie vergräbt den Kopf zwischen ihren Beinen. Ich lege einen Arm um ihre Schulter und Alba nimmt ihren Kopf aus den Knien hervor und legt ihn auf meine Schulter. Meine Finger fahren Muster über ihre Schulter und ich drücke sie etwas fester an mich.

»Betrachte es doch einfach so, als würden wir uns plötzlich daten.« Das Geländer ist glücklicherweise hart in meinem Rücken. Alba sieht mir von unten in die Augen und spielt mit ihren Haaren.

»Wäre das für sie komisch, wenn wir uns plötzlich daten würden?«, frage ich leise nach, überaus bewusst wie hoffnungsvoll meine Stimme klang. Der Wind fährt oben an uns vorbei und weht meine und ihre Haare so zusammen, wie es mein Körper mit ihrem gerne gewesen wäre.

»Ich habe schon mal drüber nachgedacht«, sagt Alba gegen meinen Hals.

»Ich auch«, erwidere ich schnell, ehe ich mich daran hindern kann. Ihre Nase reibt sich sanft an meinem Hals.

»Ich habe nicht nur manchmal darüber nachgedacht«, flüstert Alba gegen meinen Hals.

Bitte

Umarme mich heute etwas fester
Liebe mich heute etwas lauter
Drück meine Hand mit Bestimmung
Lass dein Herz gegen meins schlagen
Ich bitte dich

Kein Platz

Peter war so sehr mit Leben beschäftigt, dass da kein Platz für Rollläden war. Kein Platz, um sich mit ihnen zu beschäftigen. Kein Platz zu recherchieren, wie diese funktionierten oder wo man sie herbekam. Kein Platz herauszufinden wie diese angebracht werden und wie man die einzelnen Paneele so einstellt, dass man nicht mehr geblendet wurde.

Peter stand unsicher wartend auf der Sachsenbrücke im Clara Park und versuchte sehr angestrengt unangestrengt auszusehen. Sein Gewicht wurde vom dem einen auf das andere Bein verlagert und nur mit Mühe konnte er unterdrücken alle fünf Sekunden auf die Uhrzeit zu schauen.

Robert war jemand, den er vor lauter Leben nicht gebrauchen konnte. Robert war außerdem jemand der zu spät kam.

Peter erkannte den anderen Mann noch bevor er selbst erkannt wurde. Die Begrüßung ähnelte einem schlecht choreografierten Tanz: Hand ausstrecken, Umarmung andeuten und ein beidseitiges nichtssagendes Nicken.

»Du konntest also nicht bis nächsten Freitag warten?«, brach Robert das Schweigen mit einem Lächeln, das von einem prachtvollen, für einen Zwanzigjährigen untypischen Bart eingerahmt wurde. Zu Robert passte er erstaunlich gut. Peter verdrehte die Augen und begann von der Sachsenbrücke weg am Ufer der Elster entlang in Richtung Pferderennbahn zu spazieren, ohne sich dabei umzudrehen und zu schauen, ob Robert ihm folgen würde.

Das Licht des Spätsommers schien in satten Farben zwischen den Birken hindurch und von der Sachsenbrücke hörten sie eine Gitarre spielen. Peter überlegte kurz, ob sie sich auch ans Ufer setzen sollten. Er selbst saß hier gerne mit seinen Freunden, genoss die Sonne und trank das ein oder andere Bier. Manchmal war er auch allein hier und unternahm den Versuch seine Hochschullektüre zu lesen. Er verwarf den Gedanken, sich mit Robert hier her zu setzen schnell. Wollte keine negative Erinnerung an einem Ort schaffen, an dem er gerne war. Wie doppelmoralisch das gegenüber seinem Bett gewesen ist, war ihm vollstens bewusst – danke der Nachfrage.

Peter atmete tief aus, strich sich die Haare aus der Stirn und presste ein: »Wir sollten damit aufhören« heraus. Er sah Robert dabei nicht an, aber spürte dessen Augen auf seinem Gesicht.

»Du hast mich gefragt, ob wir uns hier treffen. Ich würde dieses Treffen sogar sehr gerne beenden.«

»Du weißt, was ich meine«, Peter fand nicht mal die Kraft seine Augen erneut zu verdrehen. Das Treffen war ja nicht einmal seine Idee gewesen. Seine Mitbewohnerin meinte, es wäre vielleicht eine gute Idee sich zu treffen und alles zu bereden.

»Muss ich es für dich da unten in den Kies malen?« Robert hob nur die Hände. Er musste sich, während sie liefen, eine Sonnenbrille aufgesetzt haben. Ein breites klobiges Modell mit dunklen Gläsern.

»Du willst also aufhören einmal pro Woche mit mir zu schlafen?«, sagte Robert neutral.

»Ja, genau.«

»Okay.«

Wieder war Stille zwischen den beiden. An der Rennbahn Scheibenholz kreuzten sich ihr Weg und ein Weg, der zu einer weiteren Brücke über das Elsterflutbett führte. Das Chaos der Fahrräder und Fußgänger wirkte wie eine willkommene Ablenkung, bis sich die beiden jungen Männer auf der Metallbrücke mit den bunten Streben wiederfanden. »Wolltest du mir mehr sagen oder kann ich gehen?«, fragte Robert. Peter störte es wirklich sehr, die Augen seines Gegenübers nicht sehen zu können. Nicht, dass er sie sonst oft sah. In den Clubs, in denen die beiden sich trafen, war es dunkel und nur ab und zu zuckten bunte Lichter über die Tanzfläche. In den Zimmern, in denen sie gewesen sind, waren meistens die Lichter aus und in den Toilettenkabinen war zwar Licht, aber wer war schon gerne länger als nötig in Clubtoiletten. Wenn sie sich sahen, war Peter außerdem meistens vor Robert und mit dem Rücken zu ihm gewandt. Er sah Roberts Augen somit sowieso verhältnismäßig selten.

»Ich meine es ernst okay? Wir müssen aufhören. Vielleicht sagen wir Freunden Bescheid und lassen uns im Club voneinander fernhalten. Oder wir teilen die KKBB[3] auf – den einen Monat kannst du, den anderen ich. Wir müssen aufhören uns in der Nacht zu schreiben und zueinander zu fahren.«

»Okay verstanden. Ich schreibe dir nicht mehr und ich halte mich einfach von dir fern. Ich kann auch deine Nummer löschen, wenn dir das lieber ist.«, Robert hielt kurz inne, »Darf ich fragen – du bist mir natürlich keine Antwort schuldig und wenn das eine Grenze überschreitet, sag einfach Bescheid – warum du plötzlich alles beenden willst?«

Robert war sich auch nicht sicher was genau er mit »alles« meinte. Die Schulbekanntschaft, wenn man diese so nennen konnte? Jahre des Wettstreits um die besten Sportnoten? Jahre der Gleichgültigkeit in der Unimensa? Gehörte auch das zu »alles«?

»Ja, kannst du«, sagte Peter in feinster Pädagogenmanier und nahm zielstrebig den mittleren Weg in ein kleines Waldstück, nachdem sie den Fluss überquert hatten. Die Blätter waren immer noch dunkelgrün und warfen zuckende Schatten auf den erdigen Boden. Roberts Hand war nur wenige

---

[3] Die KKBB beziehungsweise die KissKiss BangBang war eine Leipziger queere Party im Club Twenty One. Sie bildete das Zentrum des queeren Partylebens und des Sexes auf Toiletten.

Zentimeter von Peters entfernt, nicht, dass er darauf achten würde, es war nur eine Feststellung.

»Ich habe einfach das Gefühl ich brauche etwas anderes. Ich will nicht immer in einer Freundschaft plus, Bekanntschaft plus oder was auch immer stecken. Ich möchte endlich wieder bereit für etwas Neues sein.«

Peter wusste, dass das nicht die ganze Wahrheit war, aber es würde genügen. Es musste genügen. Sein Gegenüber nickte nur mit den Händen in den Hosentaschen und sagte: »Okay«.

Sie kamen an eine Gabelung und Peter nahm ohne große Überlegungen den linken Weg. Im Clara-Zetkin-Park war es möglich sich zu verlaufen, aber irgendwo kam man immer heraus, wo man sich wieder auskannte.

»Du scheinst nicht glücklich zu sein«, sagte Robert nüchtern und fischte eine Kippe und ein Feuerzeug aus seiner Bauchtasche, die ihm schräg über der Brust hing. Er blieb kurz stehen, um sie sich anzuzünden. Peter lief weiter.

»Du klingst auch nicht gerade erschüttert«, kommentierte Peter als Robert wieder auf dessen Höhe angekommen war.

»Möchtest du, dass ich erschüttert bin?«

Peter sagte nichts.

»Ich meinte eher, dass du nicht wirkst, als ob es dir gut geht? Deshalb wirkst du nicht glücklich. Möchtest du reden? Kann ich irgendwie helfen?«

Peter verneinte und verabschiedete sich kurz später. Das Herz war voller gemischter Gefühle und er war definitiv nicht glücklich.

***

Peter war so sehr mit Leben beschäftigt, dass da kein Platz für ein neues Ofenglas war. Kein Platz, um sich zu erinnern, wo Rechnungen lagen (ob diese überhaupt noch existierten), kein Platz zu recherchieren, wer so etwas reparieren konnte und woher man Ersatzteile dafür bekommen sollte. In Peters Leben war vor allem kein weiteres Mal Platz für ein Gespräch mit Robert. Dennoch wartete er wieder am selben Ort wie vor zwei Wochen. Er sah Robert dieses Mal nicht kommen und zuckte erschrocken zusammen als ihm plötzlich auf die Schulter getippt wurde. Sie starteten auf ihrem üblichen Weg. Spätsommer war in der Transzendenzphase zum Frühherbst und erste grüne Blätter begannen bunte Flecken zu tragen.

»Hey«, sagte Peter unsicher.

»Hey«, kam es skeptisch zurück.

Peter wollte festhalten, dass er selbst nicht so recht wusste, warum er dachte, noch mal reden wäre eine gute Idee. Er gähnte. Robert nahm aus seinem Rucksack einen stabilen Kaffeebecher heraus und reichte ihn rüber. Peter reagierte nicht sofort und nachdem Robert damit wackelte, griff Peter zaghaft danach.

»Du siehst scheiße aus... «

»Danke«, gab Peter sarkastisch zurück und nahm einen Schluck. Er verbrannte sich leicht daran, aber trank weiter.

»... deshalb dachte ich, ich bringe dir Kaffee mit. Also Cappuccino, den mochtest du doch, oder?«

»Ja. Danke.«

Sie waren immer noch an dem Weg, der am Elsterflutbett entlang lief, in Richtung der Pferderennbahn und die Birken bewegten sich in vereinzelten Windböen.

»Peter, wenn du mit mir nur spazieren gehen willst, kannst du auch einfach einen Morgen länger bleiben. Dann mache ich uns Frühstück und wir gehen danach los. Bei mir in der Nähe ist der Lene-Voigt-Park[4], aber das muss ich dir eigentlich nicht sagen, oder?«

Peter nahm noch einen Schluck aus dem Kaffeebecher. Es war tatsächlich Cappuccino. Peter konnte sich in diesem Mo-

---

[4] Der Lene-Voigt-Park ist weniger Park und mehr ein ungewöhnlich langgezogener und schmaler Grünstreifen.

ment nicht sonderlich leiden dafür, dass es ihn beeindruckte, dass Robert sich so eine Kleinigkeit über ihn gemerkt hatte.

»Wir sollten wirklich damit aufhören.«

»Ich weiß«, sagte Robert, blieb stehen und richtete seine volle Aufmerksamkeit auf Peter. Peter wich dem Blick des älteren Mannes aus und fand ein spontanes Interesse an Kanufahrern auf der Elster. Er fuhr sich unbewusst mit der Zunge über die Lippen. Robert nahm seine Hände und legte sie Peter an die Schultern, um dessen Aufmerksamkeit auf sich zu richten. Als Peter zusammenzuckte, nahm er sofort die Hände weg.

»Peter? Du musst mich nicht ansehen, aber kannst du mir sagen, was du brauchst?«

Peter hatte Angst davor loszuheulen. Wenn er eines auf der Welt gerade nicht machen wollte, dann das. Er ballte seine Fäuste zusammen, um sich abzulenken.

»Okay, anders«, versuchte Robert einen erneuten Gesprächsanfang. »Wir hatten das letzte Gespräch vor 2 Wochen. Ich habe deine Nummer gelöscht und war nicht mal feiern letzte Woche. Du hast mich angerufen und am Telefon nach Sex gebettelt und gefragt, wo ich bin. Ich habe gesagt, dass du das nüchtern sicher nicht möchtest und du hast angefangen zu weinen. Dann hast du mich vorgestern in der Uni in meinem Büro aufgesucht und hast den Anruf nachgespielt. Ich weiß, ich habe mich dreimal versichert, dass du es wirklich möchtest, aber... « er machte eine kurze Sprechpause, »habe ich etwas getan, was du nicht wolltest?« Robert sah panisch aus. Peter wusste nur allzu gut, dass er zu Robert ins Büro gekommen war – Robert war an einer anderen Fakultät – und er wusste auch nur zu gut, was er dort gemacht hatte.

»Nein, ich wollte es«, sprach Peter. Er hatte sich auf Roberts Lippen konzentriert, obwohl dieser seine Sonnenbrille abgenommen hatte, während des Gespräches. Als erst mal nichts mehr kam, atmete Robert aus und brachte ein: »Okay, gut« heraus.

»Habe ich je etwas getan, was du nicht wolltest?«, fragte er, nachdem er kurz nachgedacht hatte. Seine Brust hob und senkte sich unregelmäßig.

»Nein, ich wollte es. Immer.«

»Okay, gut.«

»Du musst denken, ich bin komplett bescheuert.«

»Was?«

»Du musst denken ich bin verrückt, dass ich dir erst sage wir müssen aufhören und dann derjenige bin, der wieder ankommt.« Robert zuckte mit den Schultern. Dann zuckte er erneut mit den Schultern.

»Ist doch egal, was ich denke, oder?« Robert fischte eine Kippenschachtel aus seiner Hosentasche und zündete sich eine an. Peter nickte nur unsicher.

»Solange jeder von uns fein war in den Momenten, in denen es passiert ist, ist alles okay mit mir. Wenn du es jetzt nicht mehr möchtest, ist das deine Entscheidung. Auch wenn ich es sehr schade finde.«

»Ich hab echt nicht erwartet, dass du so okay damit bist«, gab Peter zu.

»Du hast dir nie die Mühe gemacht mich kennen zu lernen.« Sie waren wieder in dem kleinen Waldstück des Parkes angekommen und schritten gerade über jenen Punkt hinaus, an dem ihr Gespräch vor zwei Wochen ein Ende gefunden hatte. Robert drückte seine Zigarette in seinem portablen Aschenbecher aus und setzte sich an einer Gablung auf eine Bank vor grünen, großen Laubbäumen.

Dort kramte er in seinem Rucksack und holte zwei Bierflaschen heraus und hielt eine Peter hin, der sich gerade hingesetzt hatte. Ganz vorne auf die Ecke der Bank, bereit jede Sekunde aufzuspringen.

»Ich trinke seit ungefähr fünf Monaten nicht mehr«, sagte er mit einem Kopfschütteln. Roberts Augenbrauen zogen sich zusammen. Seine ausgestreckte Hand verweilte in der Luft. Peter schaute das Sterni zwischen ihnen verwirrt an. Dann weiteten sich seine Augen. Sein Herzschlag ging in die Höhe.

»Peter?«, fragte Robert den Jungen, der aufgestanden war, »Wenn du seit fünf Monaten nicht trinkst, dann warst du jedes Mal nüchtern, wenn wir miteinander geschlafen haben.« Peter wandte sich zum Gehen.

»Ich kann dich nicht zwingen hier zu bleiben, aber ich bitte dich«, rief Robert Peter hinterher, der ein paar unsichere Schritte gemacht hatte, »Du warst derjenige, der meinte, er könne nie nüchtern mit mir schlafen. Du warst derjenige, der bei jedem Frühstücksangebot gesagt hat, dass führt zu nichts und gegangen ist. Kannst du mir wenigstens die wahre Antwort geben, warum du die Dinge beenden musst?« Robert war sich nicht sicher, ob er auf Peter zugehen sollte. Ob er durfte. Er wollte keine Grenze überschreiten. Augen rot und geschwollen. Mit laut pochendem Herzen drehte sich Peter langsam um.

»Ich mag dich viel zu sehr«, er lachte verzweifelt. »Ich mag dich schon eine ganze Weile.« Er wollte weitergehen, doch Robert legte sanft eine Hand auf seine Schulter.

»Wenn du mich magst, warum willst du dann alles beenden?«

»Es tut weh.« Peter ging einen Schritt weiter, doch drehte sich plötzlich auf dem kleinen Weg um und sah Robert direkt in die Augen.

»Wenn du dich in jemanden verliebt hättest, aber dennoch die ganze Zeit mit der Person bedeutungslos schläfst, was würdest du machen? Ich wollte nur einmal wissen, wie es ist nicht betrunken zu sein. Ich wollte anfangs nur wissen, ob ich dich auch nüchtern so unwiderstehlich finde. Tja, vielleicht mochte ich dich so sogar mehr. Was sollte ich machen?

Plötzlich nach Dates fragen? Ich weiß doch, dass es dir nichts bedeutet. Du hast dein Leben irgendwie auf die Reihe bekommen. Sofort deinen Wunschstudiengang gefunden, eine Hilfskraftstelle bekommen und du arbeitest jetzt. Ich habe mein drittes Studium in den Sand gesetzt und weiß nicht mal, wer ich bin.«

»Du hättest mit mir reden können.«

Peter war so sehr mit Leben beschäftigt, dass da kein Platz für Enttäuschung war. Er saß auf einer Decke am Inselteich nahe des Musikpavillons im Clara-Zetkin-Park. Er hatte eine Daunenjacke an, um sich gegen die kälteren Temperaturen des Herbstes zu schützen.

Sein Buch lag aufgeschlagen auf seinen Beinen, doch seine Augen waren auf eine Entenfamilie gerichtet.

Neben ihm nahm Robert Platz und grinste ihn an.

Ein Kuss auf die Wange.

Ein Lächeln.

Peter war so mit lieben beschäftigt, dass da kein Platz war, um Rollläden zu holen. Nicht in nächster Zeit zumindest.

Part 9

POETRY SLAM TEXTE

Das Gegenteil von Liebe

Das Internet scheint sich zu streiten,
weil die Meinungen entgleiten,
bei der Frage:
Ist das Gegenteil von Liebe Hass oder Gleichgültigkeit?
Nichts von alledem! Möcht' ich proklamieren,
und euch meine Meinung propagieren:
Das Gegenteil von Liebe ist Koriander,
aber das wäre zu einfach.
Das Gegenteil von Liebe sind traurige Coming Out Geschichten.
Das Gegenteil von Liebe ist die Aussage:
Aber eine Frau hat doch Pflichten.
Das Gegenteil von Liebe sind Chauvinisten.
Das Gegenteil von Liebe ist Halle.
Das Gegenteil von Liebe ist eine rutschende Strumpfhose.
Das Gegenteil von Liebe ist es Pläne abzusagen,
die man gemacht hat, während es einem mal gut ging.
Das Gegenteil von Liebe ist verdammt noch mal Nestlé, oder Nestle oder was auch immer.
Das Gegenteil von Liebe ist dieses Gefühl als müsstest du den Tampon jetzt sofort wechseln und auf die nächstbeste Toilette rennst, nur um so ein furztrockenes, kleines Zäpfchen aus dir zu ziehen.
Das Gegenteil von Liebe ist die Frage ›und, was willst du später damit machen?‹.
Das Gegenteil von Liebe wird die nächste Wahl in Sachsen.
Das Gegenteil von Liebe sind Hosengrößen, die anstelle von nachmessbaren Angaben wie Weite und Länge ein Buchsta-

bensystem benutzen, welches ungefähr so aussagekräftig ist wie Meinungen von Baumarktmitarbeitern.
Das Gegenteil von Liebe ist es Monte zu verrühren.
Das Gegenteil von Liebe sind ernsthafte Diskussionen darüber, ob Ananas auf Pizza gehört oder nicht.
Das Gegenteil von Liebe ist zu sagen ›das könnte ich ja nie‹ sobald jemand erzählt, was er isst.
Das Gegenteil von Liebe sind Kommentare übers Gewicht.
Das Gegenteil von Liebe ist Til Schweiger.
Das Gegenteil von Liebe ist vier Uhr nachts aufzuwachen, weil du auf der Bühne gesagt hast: Was ist bunt und läuft über den Tisch? Ein Fluchtsalat.
Das Gegenteil von Liebe ist es auf Social Media nachzuschauen, ob das Verhältnis von Menschen, denen du folgst, zu Menschen, die dir folgen, noch schön austariert ist und dich insgeheim darüber zu definieren.
Das Gegenteil von Liebe war die Zeit als jeder auf jemanden stehen musste, und es wichtig war in wen du gerade verliebt warst. Dann hat man so getan, als würd man ganz dolle auf den Ole stehen, aber man wusste gar nicht warum.
Das Gegenteil von Liebe war, wenn der Ole dann auf dich zurück stand, man drei Minuten auf dem Pausenhof zusammen war, aber später der Maik dir gesagt hat, dass der Ole dich doch nicht mehr mag.
Das Gegenteil von Liebe war Sportunterricht.
Das Gegenteil von Liebe sind Spagat und Hüftaufschwung. Ich habe noch nie, wirklich noch nie in meinem Leben in einer Situation gesteckt, in welcher ein Spagat oder ein Hüftaufschwung meine Rettung gewesen wäre. Ich will nicht zu arrogant wirken, aber ich wette zwei Cent – immer schön im Rahmen der eigenen Möglichkeiten bleiben – dass ich auch nie in eine solche Situation kommen werde. Und falls sich jetzt ein Riss hier vor der Bühne bildet und ihr auf mich als

menschliche Brücke setzt, dann bin ich das Gegenteil von Liebe.

Das Gegenteil von Liebe kennen alle Menschen, die nachts mit dem Schlüssel zwischen den Fingern nach Hause laufen. Service Tipp an dieser Stelle: Haltet eure Schlüssel nicht wie einen Schlagring, sondern lieber in der Faust nach unten und rammt ihn einem potenziellen Angreifer ins Bein.

Das Gegenteil von Liebe sind Menschen, die kein Nein verstehen.

Das Gegenteil von Liebe sind ›Feministen‹, die trans Personen nicht ernst nehmen (J.K. Rowling).

Das Gegenteil von Liebe sind Rasierpickel.

Das Gegenteil von Liebe ist es nach dem Rasieren Deo zu benutzen und den Schmerz zu spüren, man kann auch sagen: Das Gegenteil von Liebe ist Rasieren.

Das Gegenteil von Liebe ist Schienenersatzverkehr.

Das Gegenteil von Liebe ist After Sun Lotion immer erst dann zu kaufen, wenn man Sonnenbrand hat,

Das Gegenteil von Liebe ist Kafkas Vater.

Das Gegenteil von Liebe sind Füße, jeder kleiner Zeh sieht für mich aus wie eine Erdnuss und nein, danke Paul, du musst mich nicht vom Gegenteil überzeugen und nein bitte zieh jetzt nicht deinen Schuh aus.

Das Gegenteil von Liebe ist stressinduzierter Vaginalpilz.

Das Gegenteil von Liebe sind Mücken.

Das Gegenteil von Liebe sind Menschen, die ihre Maske unter der Nase haben.

Das Gegenteil von Liebe ist der Zustand meiner Küche.

Das Gegenteil von Liebe sind rechte Parteien, homosexuelle Blutspendeverbote, nicht genügend sexuelle Aufklärung, Schwuchtel als Schimpfwort zu benutzen, Lesben als brutal abstempeln, Transpersonen als krank zu bezeichnen, Non-binäre Personen als aufmerksamkeitsgeil und polygame Paare als eigensüchtig und falsch.

Das Gegenteil von Liebe ist ein Bild in einem Word-Dokument zu verschieben.

Doch was ist dann wohl Liebe?
Das Gegenteil verdeutlicht, doch was ist der Gegenstand?
Das scheint mir nun doch auch relevant.

So ist Liebe für mich ein Katzenbaby,
Kuchen, Käse – Käsekuchen!
Liebe ist Klopapier auf öffentlichen Toiletten.
Liebe, das sind für mich Dinos.
Liebe sind Probierhäppchen zu nehmen, ohne sich erklären zu müssen, warum man gerade heute leider nicht das Produkt kaufen kann.
Liebe ist, wenn jemand das Pokémon Intro genau so laut mitsingt wie du.
Liebe, das ist ein Tag am See.
Liebe ist Sommer,
Liebe bist – Liebe bist du.
Liebe bist du, wenn du lächelst, du wenn du lachst, du wenn du auf der Tanzfläche diesen einen speziellen Move machst.
Liebe bist du, wenn du rote Pandas anschaust. Ja, rote Pandas sind auch Liebe.
Liebe sind kleine handgeschriebene Briefe.
Liebe bist einfach du für mich.
Und ohne Gegenteil oder nicht, vielleicht bin ich ja irgendwie auch Liebe für dich.

Deutsche Emotionen

Ich möchte mit einem leichten Einstieg beginnen. Sätze, die ein verliebter Mensch und ein Mörder sagen könnte:

Ich könnte in dich reinkriechen.
Ich liebe dein Herz.
Dein Innerstes ist wunderschön.
Oh Schatz, du bist ja ganz kalt.
Du schmeckst so gut.
Du bist so süß, ich könnte dich auffressen.
Jetzt wo ich dich hab, lass ich dich nie wieder los.
Du bist meins.
Kann es kaum erwarten dich auszuziehen.
Du wirst meinen Namen schreien.
So schnell wirst du mich nicht los.
Ich liebe jedes einzelne Teil deines Körpers.
Ich kann es kaum erwarten deine Eltern kennenzulernen.

Reden wir nun über Deutschland:
Peter liegt neben Mareike im Gras, sie umarmen sich nach dem fünften Date und an seine Pumperarme gelehnt schaut sie mit ihm in die Sterne. Peter flüstert ihr ins Ohr: »Siehst du den großen Wagen, der leuchtet nur für uns. Mareike schaut sich verwirrt um und sagt: »Huh, was großer Wagen, BMW oder was?«
Deutsche Emotionen sind schon irgendwie krass – beschränkt. Wir gehen von »Oha Jutta mein Bier ist alle« in unserem Leben bis hin zu: »Nicht auf meinem Grundstück«. Deutsche fragen dich, ob du schon eine Versicherung über den linken hinteren Zahn von deiner Katze abgeschlossen

hast, und raten dir zuallererst einen Anwalt einzuschalten. Bis ein Gerhard vorbei kommt, der sich ein Tattoo von der deutschen Nationalmannschaft 2010 hat stechen lassen und dich anlacht: »Kein Bier vor 4 – Aber irgendwo ist auf der Welt sicher schon halb vier hahaha.«.

Wir bauen unsere Identität auf Kinderserie über ein depressives Brot namens Bernd auf. Ich identifiziere mich sehr stark mit Bernd. Ich bin Bernd das Brot. Ich komme hier auch nicht raus, finde alles blöd und habe eine komische Faszination mit Raufasertapete. Ich bin klein, meine Arme kommen auch kaum an was heran und ich sage gerne Mist.

Hauptsache aber ich habe das mit Doppel-S geschrieben. Der gesamte deutsche Humor basiert auf einem falsch geschriebenem ›seit‹ und dass dieser eine Moderator bei der Tagesschau mal wegen dem Wetter gesagt hat.

Wenn du nicht schon Screenshots von deinem ebay Kleinanzeigen Powersellerverlauf gemacht hast, um mit deinen Sektsabinen über Rechtschreibfehler zu lachen – hast du dann überhaupt Hobbys? Was Klimaschutz? 600g Rinderhack müssen für 1,12 € schon drinne sein. Wie soll ich sonst meinen Mettigel formen?

Wenn wir schon beim Essen sind: Lasst uns über deutsche Komplimente reden. Die Königsklasse, wenn einem deutschen etwas geschmeckt hat ist ein ›Kann ich nicht meckern‹ darunter kommt schweigen und darunter kommt alles was mit ›Ja war ja ganz gut, aber‹ anfängt.

Deutscher Musikgeschmack ist Mark Foster, das wäre ja schon schlimm genug, aber was soll bitte dieses Lied: Bist du okay? »Bist du okay? Oder sind das in deinen Augen etwa Tränen, bist du zu Stolz und hast dich deshalb weggedreht, ich hab von weitem doch schon gesehen, dass du dich quälst – SAG BIST DU OKAY.« Und das alles mit Trap unterlegt. Ganz ehrlich, da will man doch einfach nicht okay sein. Vorher ging es mir mager bis mittelgut, aber jetzt ist es einfach nur noch scheiße.

In meinem Kopf wird dabei automatisch Tagesschausprecherin Susanne Daubner abgespielt, wie diese ›cringe‹ sagt. Jetzt sollte der richtige Moment sein über deutsche Liebe zu reden. Ich lebe in einer ständigen Angst in einer Beziehung mit einem Alman zu enden, der sagt: »Anzeige ist raus« und dann ist sie auch noch wirklich raus.

Deutsche Liebe ist etwas besser zu wissen und zu jedem Thema eine Meinung zu haben. Ich wette mindestens eine Person würde sich selbstsicher in diesen Raum stellen und sagen: »Ja, ja, diese kleinen Babyborn Milchflaschen, die man gekippt hat und es war weniger drin und man hat sie zurück gekippt waren sie wieder voll, sind nicht magisch, sondern ich kann es dir wissenschaftlich erklären« Es gibt Gründe, warum es in Deutschland keine Einhörner gibt. Deutsche nennen Weihnachten das Fest der Familie oder das Fest der Liebe, als ob sie emotional beides auf einmal händeln könnten.

Hauptsache, Mama lädt die Freunde aus Südsachsen ein. Die sind politisch zwar am Kuscheln mit der NPD, aber: »Lina, stress dich doch mal nicht so! Das sind ordentliche Arbeiter und solange du nicht sagst: Wen du liebst, was du isst und wer du bist sollte doch alles passen.«

Aber zum Glück regelt Oma. Oma denkt zwar, dass vegetarisch nur Fleisch und kein Gemüse oder Gemüseprodukte bedeutet, aber sonst regelt sie. Oma regelt, wie viel man isst und wann man isst und das bedeutet immer: Oma regelt, dass du ordentliche Stickereien auf deinem T-Shirt, deinem Pulli und deiner Hose hast.

Selbst meine Oma weiß nicht, warum es Autobahnkirchen gibt. So sagte Jesus in Bartholomä 24/7: Sei wo sich eine Schnellstraße auch befindet ein Gotteshaus an seiner Seite. Wofür ist das gut? Falls du zu viele Mittelfinger geballert hast, während du die Spur, ohne zu blinken, gewechselt hast?

Wenn du dich in Deutschland mit jemandem prügeln willst: Wirb für Tempolimit, sag, dass Ananas auf Pizza geil ist oder beleidige einfach Fußball.

Lasst uns jetzt über die schönste Nebensache der Welt reden. Denn smooth anfahren ist einfach auch einfach so ein besonderer Kink. Wenn man das Gleichgewicht von Kupplung und Gas so perfekt austariert vielleicht noch am Berg. Ah, und im zweiten Gang.

Deutsche findet auch noch andere Dinge sexy. Kleingartenvereine zum Beispiel. Schon die Antilopen Gang sagte: Das Zentrum des Bösen ist der Dorfplatz – aber dann ist der Kleingartenverein das Höllentor. Hinter der Fassade aus kleinen Holzhütten und ordentlichen Blumenreihen liegt der deutsche Frust. Während mein Opa mir erzählt, dass es bei ihm in Roitzsch eine Ansammlung von Schamanen gibt, die auf einen kleinen Hügel kacken und sich seinen Gartenschlauch ausgeliehen haben und ihn seit drei Tagen nicht zurückgegeben haben, lästert die Gisela über die Brigitte, weil ein Laubblatt in ihre Geranien gefallen ist und sie es nicht rausgezupft hat. Verwahrlost ist ihr Garten – verwahrlost. Sie hat auch Beweisfotos und wird diese bei der nächsten Vorstandssitzung präsentieren.

Apropos Vorstandssitzung alter weißer Männer. Ich würde sehr gerne mal mit dem Wahlkampfteam der FDP reden. Christian Lindners in Fachkreisen auch Chrissy oder the Big L, der Thermomix-Verkäufer ihres Vertrauens, Modelkampagne wurde anscheinend um ein weiteres Jahr verlängert und ich wette, dass es die Fotos von letztem Mal sind. Aber generische Sprüche wie: »Wir müssen jetzt handeln« und »Schauen wir in die Zukunft« geben mir ähnliche Vibes wie ein Abreißkalender von Kathrin, die das Büro mal wieder so richtig aufpeppen wollte.

Doch gehen wir zurück zu Mareike und Peter

Nur ein paar Jahre später

Da sehe ich Doppelhaushälfte und Bausparvertrag
Überstunden für den Chef, natürlich unbezahlt
Dann wird Scrabble gespielt und Tatort geschaut
Zu Silvester läuft Dinner for One über die Netzhaut
Und wenn das wirklich euer Wunsch in jeder Faser eures Körpers ist, dann möchte ich fragen:

Bist du okay?

Manchen Dingen sollte man ins Gesicht treten

Wenn ich wütend bin, dann, dann,
- wünsche ich dir Schienenersatzverkehr.
- dass dir beim Abwaschen deine hochgekrempelten Ärmel runterrutschen.
- wünsche ich dir, dass du einen ganzen Tag lang einen Ohrwurm hast, aber nie herausfinden wirst von welchem Lied.
- hoffe ich, du verlierst dein Handy, während es lautlos ist. Es ist immer lautlos.
- hoffe ich, du bekommst bei YouTube zwei Werbungen hintereinander, die man nicht überspringen kann.
- hoffe ich, deine Lieblingsfanfiction wird nicht weiter geupdated.
- hoffe ich, dein Handy Speicher ist voll, du kannst ihn aber nicht erweitern und musst immer Fotos löschen, bevor du neue machst.
- hoffe ich, dein Haargummi ist zu groß, um deine Haare oben zu halten aber zu klein, um ihn ein zweites Mal drum zu wickeln.
- hoffe ich, dein Ladekabel funktioniert nur in einem ganz bestimmten Winkel.
- hoffe ich, du hörst deine guilty pleasure Lieder, aber hast vergessen die Kopfhörer einzustecken

Ihr fragt euch sicher, was mich eigentlich so wütend macht, dass ich anderen wünsche, ihnen wird, wenn sie schlafen wollen, sehr warm, aber sie müssen mit einer Decke schlafen. Die Antwort ist: Shoppen.

Welcher Wicht dachte sich: »Hmm, kurze Hosen für Männer sind kurz über dem Knie, lass mal Shorts für weibliche Personen ganz kurz machen, sodass sie mit jeder Bewegung hochrutschen und immer an dieser einen Stelle reißen«?

Wer dachte sich: »Uhh, Schmuck, den man bezahlen kann, besteht aus Billigmetall, damit sich alles grün verfärbt«? Oder du trägst eine Kette über einem Pullover und sie zieht ihm alle Fäden raus.

Wer war so: »Uhh, Sport-BH, damit deine Brüste nicht so rumhüpfen, wenn du etwas machst. Er wird dir nur so stark in deinen Torso und deine Arme schneiden, dass deine Haut daneben rauskommt, aber ihr werdet denken es ist Fett und mehr Sport machen und mehr Sport-BHs kaufen – haha«?

Oder richtige BHs, die mit kleinen Bügeln die Brüste zusammenhalten, die aber in superdünnen Stoff eingebunden sind, sodass sie dich erstechen. Aber hey, dann kauf doch teure für 50 Euro pro Stück. Wie wäre es, wenn in den Medien große Brüste angepriesen werden, aber in normalen Läden gar nicht diese Größen verkauft werden?

Dachtet ihr, dass der Buchstabe in BH-Größen das Volumen der Brust angibt? Falsch. Die Zahl gibt den Umfang an, der Buchstabe gibt das Verhältnis zwischen Umfang unter der Brust und Umfang auf der Brust an. Damit weiß man nie ganz genau, welche Größe man hat. Fast wie bei Hosen von verschiedenen Läden – oder selbst Hosen aus demselben Laden.

BHs sind teuer? Schon mal von blutenden Vaginas gehört? Wie viele Penisbesitzer wissen, wie viel eine Packung Tampons kostet? Etwas zu einem günstigen Preis verkaufen, das zur täglichen Hygiene gehört? Nah. Und dann gibt es andere, die dir hygienische Handschuhe in pink verkaufen wollen - Whoop.

Kapitalisten machen so einen Mist wie: Gürtel. Keine Sorge, sie passen um viele Körper, aber sie haben nie genug Löcher.

Wer hat gesagt: »Es gibt verschiedene Körper? Noch nie gehört. Nicht bei uns«? Wenn der Rock an der Taille passt, wird er zu eng an der Hüfte sein und andersherum genau so, und denkst du einer davon hat Taschen? Nein, nein, vielleicht welche, die nur aufgenäht aber fake sind?

Was für Probleme haben eigentlich Bikini-Oberteile? Es sind BHs, aber rate, wie ihre Größen aufgebaut sind: S-L. Denkst du, die Unterteile sind auf Vaginen angepasst? Nein. Durch die nicht atmungsaktiven Stoffe werden die Chancen, sich mit etwas zu infizieren, einfach höher.

Unterwäsche. Nein, da macht mich gar nichts wütend: Es gibt briefs, high tops, low tops, strings – Spaß, es gibt den einen Teil der sexualisiert und nicht bequem ist, der andere Teil wird angenehm sein, aber wir nennen ihn Oma-Unterwäsche. Genial, oder?

Hohe Schuhe? Ehemals von Männern getragen? Nein, vergiss es. Alles was vorne breiter war? Machen wir jetzt einfach wie ein kleines Messer vorne, sodass man ganz neu laufen lernen muss und es wird natürlich auf lange Sicht deinen Beinen schaden. Ich meine, wer von euch hat schon mal in seine Schuhe geblutet? Und es wurde uns verkauft wie ein Teil des Prozesses.

Oder das Kleid: Einfacher Einteiler für jeden Anlass. Keine Sorge, für verschiedene Anlässe braucht man unterschiedliche und wenn man nur ansatzweise Beine besitzt reiben sie im Sommer aneinander bis sie blutig sind – Yay.

Und dann kommt die ganze ›asking for it‹-Scheiße. Von klein auf wird weiblich sozialisierten Personen gesagt, dass sie Schuld an den Dingen, die ihnen zustoßen, hätten, wenn sie sich zu freizügig kleiden. Aber wessen Aufgabe ist es dieses Bild zu ändern? Genau, die der Betroffenen.

Ich möchte euch also fragen:

Seid ihr nicht auch wütend?

Die große Liebe oder so ähnlich

Die Straßen der Leipziger Innenstadt gleichen einem Urwald aus Baustellen, Touris und verliebten Paaren, die an ihren Händen verschmolzen gemeinsam vom Leuschner bis zum Hauptbahnhof flanieren. Ohne mich darüber zu ausgiebig zu echauffieren kann ich doch mit Fug und Recht behaupten, dass das scheiße ist. Haltet ihr beiden euch gerade an den Händen, weil ihr zusammen seid oder seid ihr beste Freundinnen, oder seid ihr polygam und andere Teile eurer Beziehung fehlen gerade, seid ihr Schwestern, seid ihr Cousinen, habt ihr eine Fickfreundschaft, und wenn ihr beide Lesben seid, warum ist dann keine bei mir?

Ich warte auf die Liebe meines Lebens, oder so ähnlich.
Oder auf ein weiteres mieses Date, bei dem es intellektuell nach dem obligatorischen ›Wie geht es dir?‹ nicht weiter geht und in einem ausweglosen ›Und sonst so?‹ endet. Nachdem die heilige Mission der vereinten Lesben abgeschlossen war, kehre ich meinen Rücken der Rekrutierung all der armen Heterofrauen zu. Kurz halte ich inne, lass den Gedanken in meinem Kopf eine Runde Rodeo reiten, atme aus und frage mich dabei: »Könnte es unter Umständen sein, dass wir queeren Frauen keine Heteros rekrutieren, sondern zu sexuellen Akten zwei dazu gehören und Frauen, die was mit anderen Frauen haben, zumindest nicht 100% Prozent hetero sind?«, verwerfe diesen Gedanken aber gekonnt. Ansonsten würde bald eine nächste Schlagzeile mit frischer roter Tinte auf recyceltem Papier mindestens drei – tendenziell fünf – Ausrufezeichen in Bild-Klatschblatt-Manier lauten:

Es gibt andere Gründe, als von einem Mann ganz entschieden enttäuscht worden zu sein.

Meine zukünftige Vielleicht-Liebschaft erspähe ich gekonnt.
Werfe ihr einen Blick zu.
Sie wirft mir einen zurück.
Und auch unsere Hände verschmelzen langsam, während wir vom Hauptbahnhof zum Leuschner flanieren.

Zwei Tage später stehen Kartons kunstvoll angeordnet gestapelt auf der Straße. Die Katze ist in einem kleinen Tragekorb in deiner Hand. Während du an deinem Moped lehnst. Und wir auf den anderen Transporter warten.

Wie jetzt? Nach drei Tagen zusammen ziehen ist schnell? Aber … aber … also sie ist doch die eine. Wir sind… also wir sind füreinander bestimmt. Und wir haben immerhin neun Tage voreinander miteinander geschrieben. Intensiv miteinander geschrieben, möchte ich anmerken. Das jetzt also als überstürzt oder unüberlegt zu beschreiben, ist doch reine, durch nichts sachlich begründbare Polemik. Fast so als würde man Koriander als wichtigen und leckeren Bestandteil irgendeiner Esskultur bezeichnen.

Du und ich wir wurden ein wir.
Teilen Emotionen, eine Katze, Periodenkrämpfe und verschmolzene Hände, während wir gemeinsam vom Leuschner zum Hauptbahnhof flanieren.
Die nicht vorhandene, selbstgedrehte Kippe schmeckt über den Dächern von Leipzig ebenso nach Freiheit wie deine Lippen voller Maracuja-Hefe.
Emotionale Verbundenheit bringt sexuelle Lust gepaart mit nicht zu vergessendem Konsens einher.

Egal ob cis babe, trans cutie oder nonbinary sweetheart, bei mir wird sich mit allem geliebt, in die Schambehaarung detailverliebt bei Bitches, butches, dykes und Divas.

Hängt dein Ideal von Männlichkeit noch an tief sitzenden Hosen und kecken Kurzhaarschnitten, dann muss dieses wohl ziemlich lutschen. Und lutschen das tue ich gerne an Ni... Wie bitte? Wie jetzt, das ist kein Sex? Ich weiß auch nicht, ab wie vielen Orgasmen wir es Ekstase nennen wollen.

Dabei sitzen wir nicht in einer Schere, wie es sich das heteropatriarchale System ausmalt. Das wäre auch komplett verstrahlt, wo kommt das eine Bein hin, wo das andere, wie passen zwei Schüsseln aufeinander? Das bezeichne ich anatomisch als schwierig. Ich habe nachgeforscht, verschiedene Bilder gefunden, die ich euch jetzt nicht in den Kopf setze, aber es hat anscheinend verschiedene Spitznamen: In Südamerika macht man Tortillas, in Frankreich spricht man von einem Handbohrer und in China poliert man Spiegel.

Es bleiben Finger – bitte ohne lange Fingernägel – und Zunge, eine Halskette aus Knutschflecken anlegen, sanftes Streicheln und Liebkosen, dann werden die Cowboy Stiefel angezogen und ins Karohemd geschlüpft. Dann steigen wir in den Bagger, der plötzlich in unserem Wohnzimmer ist, und dann wird gegraben und gegraben, bis das Wasserrohr getroffen ist. Und dann spritzt es und es läuft, aber wir können es nicht stoppen und müssen stopfen, stopfen, stopfen.

Fünf Finger später, fragt ihr euch sicher, na ja ihr wisst schon, wer ist die entführte Gouvernante und wer ist die MI6 Agentin bei der Sache? Wer ist Kim Possible und wer ist Shego? Wer ist die obere, wer die untere Hand? Wer ist Ruby Rose und wer ist jede andere Frau auf dieser Welt? Wer ist Ellen und wer ist Portia? Wer ist Ginny Weasley und wer ist Luna? Wer ist Alex und wer ist Piper? Wer bereitet das Frühstück zu und wer beklebt die Wohnung in der Zeit mit Wand Tattoos, als Zeichen geistiger Zurückgebliebenheit, aber wie sollen andere sonst wissen, wie sehr wir doch Katzen mögen?

Drei Monate später
Wurden wir ein du und ich.
Teilen synchrone Emotionen des Bewusstseins über das Scheitern unserer Beziehung.
Deine Katze nimmst du wieder mit.
Meine Periodenkrämpfe verbringe ich mit melodischen Klängen.
Schwankend zwischen Tegan and Sara und Elton John.
Und die kunstvoll gestapelten Umzugskartons.
Beinhalten Scherben von gebrochenen Träumen.

Während wir also ein letztes Mal vom Hauptbahnhof zum Leuschner flanieren, ist da ein Abstand zwischen uns. Und einst verschmolzene Hände finden ihren Weg zu anderen Händen, anderen Nippeln, anderen Schamhaaren.

Vielleicht zu unserer großen Liebe, oder so ähnlich.

Kennen Sie lesen?

Kennen Sie das auch? Alle Ihre Freunde reden vom Joggen. Sie wollen auch mal so richtig mit etwas neuem flexen? Sie wollen sich auch mal mit Ihrem neuen Hobby unbeliebt machen?

Probieren Sie lesen.

Mein Name ist Lina Klöpper und ich bin Ihr »free style lese«-Coach. Holen Sie sich die Ausrüstung bestehend aus Leselampe, Lesestuhl, Kuscheldecke, Tasse, heißen Tee, Lesebrille und einem Buch. Steigen Sie auf von »Ich hasse lesen«, »Lesen finde ich mager«, »Lesen ist eher mittelgut« zu »Lesen ist premium«.

Es gibt da auch diese neue App, für alle, die über die Einstiegsdroge *Wattpad* und *Fanfiction.de* hinaus sind. Die App trackt welches Genre Sie lesen, welche Autoren und wie viele Bücher stündlich und postet alles auf Facebook. Ist das nicht lesetastisch? Fühlen Sie sich nicht gleich viel motivierter, jetzt, da Sie wissen, dass alle Ihre Freunde sehen können, was Sie gerade lesen?

Der Einstieg ist ganz leicht, es geht von links nach rechts und von oben nach unten. Toll, damit kann sogar mein Mann Risotto kochen. Lesen kommt als individuelles Hobby in unterschiedlichen Ausführungen zu Ihnen. Es gibt große Bücher, kleine Bücher, Bilderbücher, Romane, Krimi, Fantasy, Manga, Jugendbuch, Belletristik, Fachbücher, langweilige Bücher, verstörende Bücher und Kafka.

Wollen Sie sich nicht auch eine Readbit zulegen, oder eine LetsRead? Eine Readwatch mit integrierter Seitenzählfunktion, wasserdicht üfr besonders emotionale Stellen. Inklusive Pulsmesser, Buchzähler, Aktivitätstracker für unterschiedliche Lesemodelle, Stoppuhr für schnelle Lesesprints, Stromschlagfunktion bei schwächelnder Leistung und erst ganz neu im Modell: Die Uhrzeit.

Bestellen Sie jetzt. Dann werden wir Lesebuddies, überprüfen uns gegenseitig und treten gegeneinander an, das würde unser aller Leseleistung immens steigern. Ich weiß, Sie sind im Lesen nicht wirklich drin, aber Sie sollten es versuchen. Komm schon Bernd, es ist sicher gut für Ihre geistige Gesundheit. Ich will damit jetzt nichts andeuten, aber Ihr letztes Buch ist schon eine Weile her, oder? Hm, hm, und die Bildzeitung ab und an vermindert auch nicht das Problem. Ich will Ihnen ja nicht zu nahe treten, Sie sind eine wirklich tolle Person und ich mag Sie echt, aber etwas mehr lesen kann definitiv nicht schaden.

Aber in einer Zeit von na ja, na ja und sonst so und der allgemeinen Findung, ist es Ihnen vielleicht zu viel Bindung. Keine Sorge, falls es Ihnen an Equipment fehlt oder Sie keinen Ort zum Lesen haben, stelle ich nun ein brandneues Konzept vor: Bibliotheken. Sie zahlen nichts, absolut nichts, wenn Sie dort lesen und Ihre Lesetechnik auf lange Sicht nachhaltig verbessen. Und da sind dann andere Leser, man trifft sich vielleicht vorher in der Umkleide, macht sich mental bereit, schließt seine Wertsachen weg und dann zieht man einfach durch. Und man liest und liest, bis man abhängig ist, seinen Namen vergisst, in Rilke Gedichten denkt, Goethe seine Aufmerksamkeit schenkt und etwas Wolfgang Herndorf zur Entspannung liest. Dann ist man angefixt und wartet sehnsüchtig auf den nächsten Stoff.

Irgendwann dann trainieren wir für den Buchmarathon, einmal Herr der Ringe lesen, ohne aufzustehen, kein leichtes Unterfangen, Hochleistungssport auf allen Ebenen, schon erfahrene Leser geraten da an ihre Grenzen, weil sie so was wie Schlaf brauchen oder Familie haben. Nur echte Profis können sich komplett sozial isolieren. Wenn Sie schon davor zurückschrecken in eine Flasche zu pinkeln, also pff, was machen Sie dann überhaupt mit Ihrem Leben?

Eines lichten Sommerabends dann, kommt ein verschlüsselter Brief bei Ihnen an. Unter Umständen möglicherweise wahrscheinlich erhält man das Privileg in einen Buchclub aufzusteigen, die höchste Form des intellektuellen Austausches. Und liest sich gegenseitig Passagen vor, stellt Theorien auf und versucht Textstellen zu interpretieren.

Hier ein paar Beispiele:
  Ist Dumbledore schwul? Ja, ist er.
  Ist Dumbledore Ron auf einer Zeitreise?
  Ist Draco Malfoy ein Werwolf?
  Ist eine Gesundheitsdiktatur in Corona Zeiten wie bei Corpus Delicti wünschenswert?
  Hat Corona das geschafft, was die Leipziger Buchmesse in all den Jahren nicht geschafft hat:
  Den Rechten keinen Stand zu geben?
  Ist der Erlkönig ein Fieberwahn oder doch eine Vergewaltigung?
  Heißt zu lieben wirklich zu zerstören? Bekommen wir nur die Liebe, von der wir denken sie zu verdienen?
  Sollten wir uns nach Shakespeares Mittsommernachtstraum alle in ein paar Monaten wieder treffen, was trinken und in den Wald gehen?
  War Hamlet wahnsinnig? War Shakespeare eine lesbische, schwarze Frau im mittleren Alter? We'll never know.

Habe ich meine große Liebe vielleicht auch mit 14 gefunden, sowie sich Romeo und Julia gefunden haben, habe es aber einfach verpasst, weil ich zu sehr mit Harry Styles beschäftigt war?

Kann es sein, dass das Mindestalter für Sex nur wegen Romeo und Julia 14 und nicht 16 ist?

Sind Personen aus Büchern je wirklich tot? Nein, wir können immer wieder von vorne anfangen.

Jetzt mal ehrlich:

Wer war bei Tribute von Panem überhaupt Team Gale?

Und warum drehten sich die Bücher nicht generell um Finnick Odair?

Wurde Rainer Maria Rilke einfach wegen seines Namens gemobbt?

Hatte RMR einfach keine Inspirationsquelle und hat sich deshalb den Dinggedichten gewidmet? Grüße gehen raus an den Panther.

Wenn es Bücher wie das Tagebuch der Anne Frank gibt, warum ist dann Antisemitismus immer noch ein Ding?

Interpretieren wir Medea nach Euripdes oder Christa Wolfs Ansicht?

War der große Gatsby die Personifizierung des American Dream?

Wie groß waren Kafkas Daddy Issues in Relation zu seinen BDSM Fantasien?

Wer steckt wirklich hinter Gandalf dem Grauen?

Wird Adam Silvera es je schaffen ein Buch zu schreiben, ohne dass eine seiner Hauptpersonen stirbt? Sein Kommentar war: Haha.

Hatten Goethe und Schiller was miteinander? Wahrscheinlich. Wenn ich eine Twilight Fanfiction über Goethe und Schiller schreibe ... schillert dann Friedrich?

Warum war der Film so, so, so viel schlechter als das Buch?

War Kafka gestört oder sehr gestört?

Ist ein ganzes halbes Jahr nur traurig oder sehr traurig?
Ist Fifty Shades of Grey armselig oder sehr armselig?

Und jetzt los, nimm das Buch zur Hand, keine weiteren Ausreden! Los, schlag es auf, mach schon, mach schon, das geht auch schneller und jaa, deine Augen sind auf der ersten Seite, konzentriert bleiben, regelmäßig atmen und durchziehen, ja, ja weiter so konstant bleiben, konstant bleiben – uhh da hätte dich doch fast das Wort Cable-Cross Overstation aus der Fassung gebracht, aber du lässt nicht locker und du ziehst, du ziehst und es wird umgeblättert, umgeblättert, sauberer Schnitt in deinen Finger aber du machst weiter und ziehst, ziehst und dann ...

ein Cliffhanger.

Komfortzone

Kennt ihr das, wenn der Abspann eines Filmes kommt und er dauert und dauert und dauert, aber ihr seid Marvel Fans und wartet auf diese sehr, sehr kurze Sequenz am Ende? So fühlt sich mein Leben an, nur dass ich mir nicht sicher bin, ob da überhaupt was kommen soll.

Meine Therapeutin hat mir dazu geraten meine Komfortzone zu verlassen. Fand ich zuallererst eine steile These von ihr anzunehmen, dass ich überhaupt eine besitze und nicht gerade in einer Therapie bin, weil ich eine suche, aber ok.

Dieses Risiko war mir aber zu groß, weshalb ich mir Sims runtergeladen habe, um nachzuspielen wie ein mögliches Szenario ablaufen könnte. Wie kann man Sims am besten beschreiben? Sims ist eine Lebenssimulation in dem man ein Leben für einen ›Sim‹ kreieren kann und alle haben einen Edelstein über dem Kopf und sterben sehr schnell, easy.

Vorher kann man sich diesen Menschen wie ein Designerbaby erschaffen und man muss einfach zugeben die Sims-Macher haben mittlerweile jedes Genderkonzept zerfickt. Simulation benutzen wir vor allem, weil weibliche Sims dieselben Chancen haben wie männliche Sims und man momentan einfach nur auswählt: Kann im Stehen pinkeln oder nicht.

Egal ob du Steffan heißt und eigentlich nur weinst, wenn dein Lieblingsteam spielt, bei dieser Szene muss du es auch: ihcbwiueiueh sagte er und gleich darauf kjbie sie sah ihn nur an. Und uhgduiegz war das letzte bevor sie weinend ging. Nachdem du dir einen Menschen erstellt hast, fängst du an sein Leben zu beeinflussen. Du hast kein Geld und ziehst in deine erste mickrige Wohnung. Der Diamant über dem Kopf eines Sims leuchtet grün, wenn es ihm gut geht. Meiner ist konstant rot. Sim Lina sitzt vor dem Computer, traurig und pleite, die Ausgangsbedingungen sind also identisch.

Ich habe damit das Gefühl nichts erreichen zu können und beginne zu cheaten. Sim Lina hat plötzlich viel Geld und für immer einen grünen Edelstein. Klingt nach Komfortzone und ich überlege mit dem Spiel aufzuhören.

Jedem, der mir sagt Geld mache nicht glücklich, möchte ich ins Gesicht treten. Natürlich macht Geld glücklich, das habe ich schon früh gelernt. In der Grundschule haben wir Kartoffelstempel gebastelt und ich habe meine in einer Wilde-Kerle-Brotbüchse über die Sommerferien im Schrank vergessen. Die kleinen Rich Kids durften ihre Boxen wegwerfen, aber ich musste alles auswaschen.

Geld kann dir Dino-Latzhosen kaufen. Geld kann dir ermöglichen, dass du eine versaute Tupperdose einfach wegschmeißt und dir eine neue kaufst. Geld kann dir Essen kaufen und wenn Essen nicht Glück ist, weiß ich auch nicht mehr weiter. ›Geld macht nicht glücklich‹ ist eine Aussage von Annette, die uns davvon abhalten möchte ihre Villen zu plündern.

In meinem echten Leben habe ich neben der Sims Software CD, ein leeres Paket Halspastillen, meine Mitgliedskarte im Tigerentenclub, meine Geburtsurkunde und ein Tütchen mit Bastel-Glitzer mit einem Riss im selben Schuhkarton gefunden und ich fürchte, damit ist alles über mein Leben gesagt.

Mein Leben ist wie Minigolf, ich scheitere an den kleinsten Herausforderungen, zwischendurch ein Glückstreffer und dann liegt der Ball auf einer Kante und niemand ist sich mehr sicher, was die Regel dafür ist

Mein Leben ist wie meine Fitnessstudio-Mitgliedschaft: Stark begonnen, schnell nachgelassen und ohne echte Hoffnung fortgeführt zu werden

Mein Leben wäre besser, wenn ich mir für mehr Dinge so Mühe geben würde, wie für meine Frisur, bevor ich zum Friseur gehe.

Sim Lina ist momentan verheiratet, hat drei Katzen, und ist eine anerkannte Chirurgin. Echte Lina kann kein Blut sehen und denkt, dass alles, was in ihrem Körper ist, auch gerne dableiben kann. Aber Sim Lina hat alles komplett im Griff.

Mein Spiel hat nicht gespeichert. Ich habe es geschafft mein Leben von Sim Lina komplett gegen die Wand zu fahren. Eine Komfortzone habe ich weder gefunden noch verlassen.

Manchmal wünsche ich mir jemand würde mein Leben spielen. Ich kann nicht gut lange unter Menschen sein und verkrieche mich danach tagelang im Bett. Ich kann kein Instrument spielen, ich kann keine Beweise und studiere Mathe und meine Mutter mag mich nicht sonderlich. Ich habe nicht mal eine Komfortzone.

Wäre es nicht schön, wenn mich jemand mit ein paar Klicks durchs Leben lenken würde? Denn momentan ist mein Leben wie die Skyline von Halle: Nichts Gutes zu sehen und auch beim näheren Betrachten wird es nicht besser

Danksagung

Liest sich eigentlich jemand, der nicht in einer Danksagung vorkommt, Danksagungen durch? (Ernstgemeinte Frage)

Mein größter Dank geht an Marsha Richarz, die mir ermöglicht hat dieses Projekt zu verwirklichen und die schönste Verlagschefin ever ist.

Ein ebenso großer Dank geht an Tabea Becher, welche alle Zeichnungen in diesem Buch gemacht hat. Wir kennen uns seit der Grundschule und wie krass ist es bitte, dass du was mit Kunst machen kannst und ich was mit Schreiben (sehr krass)?

Ich möchte meiner (momentanen) Partnerin Linda Liebelt danken, welche trotz unmöglichen Schlafrhythmen meinerseits und langen Erklärungen über Geschichten, die ich schreibe, immer für mich da war. Ich liebe dich nicht nur leise.

Ohne Carolin Buck wäre diese Liste nicht vollständig. Wir teilen uns nicht nur eine Gehirnzelle, sondern auch ein Herz. Ich wüsste nicht, wo ich ohne dich wäre.

Ebenso sollte Laura Siegert bitte nie erzählen, wie die Charaktere der Geschichten hießen, bevor ich sie alle umbenannt habe.

Dank geht ebenso raus an alle Menschen, die sich jahrelang angehört haben ›Da schreib ich ein Buch drüber‹, die bei Schreibtreffen dabei waren, die Backstage bei Slams waren, die mich inspiriert haben und alle Menschen, die in ihrer Freizeit Geschichten gelesen haben um mir Feedback zu geben.

Hier eine Dankesliste ohne ersichtliche Reihenfolge: Annabell Clemen, Jonas Galm, Boris Flekler, Inke Sommerlang, meine Physiker Bande, meiner Familie, Romina Wolf, Grete Gutzner, Sascha Loth, Christopher Carl Thinius und Tom Holland (ja, ich habe eine Obsession mit ihm).

Zuletzt möchte ich mir selbst danken. (Oha, jetzt geht's aber los). Ich danke mir auf mich selbst gehört zu haben und mein Innerstes auf Papier herunter geschrieben zu haben. Sicher habe ich mich mit den Inhalten auf Familienfeiern nicht gerade beliebt gemacht, aber ich bin froh zu meinen Gedanken gestanden zu haben.

Zuallerletzt möchte ich dir danken, dass du dieses Buch gelesen hast. Das bedeutet mir sehr viel. Unfassbar außerordentlich viel. Wenn du mich im Internet oder auf der Straße triffst, erzähle mir gerne davon, wenn es dir gefallen hat. Keine Sorge, ich habe mehr Angst vor dir als du vor mir.

Queeres Glossar

In diesem Buch werden viele queer_feministische Begriffe genutzt. Der QR-Code leitet direkt zu einem Glossar weiter, in dem diese Begriffe beschrieben werden.

SCAN MICH.